KB197427

2025 제70회

現代文學賞 수상시집

안규철, 「두 개의 빈 의자」, 드로잉

| 현대문학상 기념조각 |

안규철

책은 양면적인 요소들이 중첩되어 있는 물건이다.
책에는 왼쪽과 오른쪽 페이지가 있고, 보이는 앞면과 보이지 않는 뒷면이 있다.
안과 밖이 있고, 시작과 끝이 있다. 흰 종이와 검은 잉크가 있고,
드러난 것과 숨겨진 것이 있으며, 저자와 독자가 있다.
서로 상반되면서 동시에 상호 의존적인 이런 요소들은 책이 닫혀 있을 때는 드러나지 않는다.
책은 상자와 같아서, 책장이 펼쳐지기 전에 그것은 무뚝뚝한 한 덩이 종이 뭉치에 불과하다.
책을 열면 이렇게 하나였던 것이 둘이 된다. 왼쪽과 오른쪽이, 안과 밖이, 저자와 독자가 거기서 생겨난다.
그리고 그 둘 사이에서, 낯선 한 세계의 지평선이 떠오른다.
마술사의 손바닥에서 피어나는 꽃처럼, 작은 책갈피 속에서 세계 하나가 온전한 윤곽을 드러낸다.
문학작품 앞에서 늘 그것이 경이롭다.

제70회 現代文學賞 수상시집

박소란

오늘의 시 외

H
현대문학

| 차례 |

수상작

수상시인 자선작

수상후보작

심사평

수상소감

수상작

오늘의 시 외

박 소 란

박소란

오늘의 시 외

©유수

1981년 서울 출생.
2009년 『문학수첩』 등단.
시집 『심장에 가까운 말』 『한 사람의 닫힌 문』 『있다』 『수옥』.
〈신동엽문학상〉〈노작문학상〉 등 수상.

오늘의 시

부제는 '병실에서',
그러나 붙이지 않는 편이 좋겠지 부제란 언제나
부질없는 것

고치고 또 고쳐도
침대 옆 소변기에서 냄새가 가시지 않는다
곧 썩어 문드러질 것처럼

칠월,

슬쩍 가져다 놓은 나의 새 시집을 아버지는 펼쳐보지 않
았지
제목이 된 전처의 이름을 내내 모르는 척
'수옥'은 이미 오래전 죽었다는 사실 또한

지난달엔 앓는 아버지를 그늘진 방에 눕혀두고

수도 없이 연과 행을 나눴었는데
가파른 계단을 달려 어딘가로 도망치듯
'자꾸'를 '계속'으로 바꿨다 다시 자꾸를 자꾸로 자꾸, 자꾸
바꾸고 싶었는데

'상조'나 '장례'를 검색하며
급히 써 내린 페이지에선 괴이한 연기가 새어 나온다
미처 사르지 못한 문장들이 이제 와 새삼 홧홧하고

잠시 홧홧하다 말고

가슴에 펜타닐을 몇 장씩 붙이고 나면
병실에서 넘어져 찢어진 뒤통수를 서너 바늘씩 꿰매고도
아플 일이 없어
거 참 좋은 약이네, 그런 생각만 든다
아버지도 나도

삐걱거리는 침대에 나란히 앉아
반쯤 막힌 목구멍으로 눅눅한 산도를 녹여 넘기면서
간신히 짚어보는 창밖 나무 이름 풀 이름
먼지 쌓인 이파리가 구역질을 참지 못하고 온몸을 들썩
일 때

안과 밖은 더 멀어지고
귀를 기울일수록
차 소리 말소리 하교하는 아이들의 욕설마저
아스라하기만 한데

애꿎은 과자 봉지만 구기고 또 구긴다

아직 버리지 못한 것들,
나의 시는

지금쯤 비 내리는 광화문 교보 뒷길을 우산도 없이 헤매고 있겠지

　아, 지린내,
　금방 끓여 온 보리차에 코를 대고 킁킁거리는 아버지
　나는 시집이 있는 쪽을 돌아보고

　용각산 두 스푼, 캘리포니아산 건포도 한 알, 오만 원짜리 네 장
　저승 노자라는 것, 미신이든 아니든, 어쨌든 내일은 면회 오지 말 것, 하루쯤 쉴 것,

　나는 급히 메모장을 열어 적는다
　고맙다, 저승에 가서도 잊지 않으마,
　마지막은 역시 사랑?

사랑, 요양, 병원, 213호,

이런 걸 쓰고 싶지는 않았는데

잠들기 전 아버지는 생각하겠지 버려야 할 게 너무 많다고
끝내 버릴 수 없는 것도
좋은 것도 나쁜 것도 아닌
시, 시를 봐도 나는 그게 시인 줄 모른다

기차를 타고

한 사람을 입원실에 옮겨두고
저는 서울로 갑니다

별수 없다고 했습니다 아픈 사람의 입에서 짜부라져 나
온 그 말
별수 없다, 별수 없어,
따라 중얼거리다 보니 제법 안심하게 됩니다
별수 없이, 또 살겠구나 그러겠구나

저는 서울로 갑니다

아야야 아파라, 하는 말 또한
저를 걷게 합니다

늦도록 문을 닫지 않았을 뚜레쥬르로 달려가
단팥빵을 두어 개쯤 사야겠다는 결심

지금 이 시각이면 병도 잠이 들었을지

한 움큼 약을 털어 넣고 알록달록한 꿈속을 거닐고 있을지

해마다 열리는 국화축제나 미더덕축제를 한 번쯤 구경해

보자 한 적도 있었는데 퇴원을 하면

퇴원을 하면

또다시 입원을 하겠고

애를 써보아도 눈은 감기지 않습니다

옆 사람이 켜둔 휴대폰 화면을 흘끔거리며 공연히 어떤

드라마를 상상하며

울고

이별하는 사람들이 등장하는 장면 같은 것

결국, 사랑하는 이야기일 테지요

네, 저도, 괜찮습니다

겹겹의 흉터로 덜컹이는 창을 도리 없이 바라보면
그 독하다는 어둠도 어쩌지 못하는
사람의 피
사람의 침, 가래, 오줌, 그리고

얼굴

저는 서울로 갑니다
제가 아는 가장 먼 곳으로

도망치듯
기차가 달려갑니다

깊은 잠에서 이제 막 깨어나, 꼭 그런 척

공들여 기지개를 켭니다

뻣뻣한 몸이 응급실처럼 환히 불 밝힌 역으로 천천히

아주 천천히 미끄러져 들어갈 때쯤

배가 고파질 것입니다

저는 곧 도착합니다

생략

공중에서 가벼운 뭔가 툭 떨어지는 걸 보고
빛…… 하고 중얼거린다

가까이 가보니 물이다 에어컨 실외기에서 떨어지는 물

구정물 아래 잠시 고개를 숙인다

우리는 불순물로 남을 것이다
빛 같은 게 아니라
누군가 셔터를 누를 때마다 그 앞에 엉거주춤 선
우리는

별을 가리키는 사람을 앞질러
아니다 인공위성이다, 말한다 해도
더는 중요하지 않겠지 농담이든 진담이든

차마 말할 수 없다
청소 트럭을 따라 빗속을 뛰듯이 걷는 한 사람을 두고
그를 친친 휘감은 형광색 폴리에스테르를 두고
어떤 비유 따위

  취한 눈의 헤드라이트가 어둠의 속살을 그악스레 노려보
는 거리에서,
  이런 비유 따위

우리는 에반스가 흐르는 합정동 카페에 앉아 있고
정작 아무 푸념이나 늘어놓으면서
레이스 커튼 자락에 포박된 모기가 버둥거리는 것을

보고 또 본다
못 본 척
빛, 하고 쓰게 될까 두려워

다이소에서 한 다발 꽃을 사 들고 나오는 사람을 보고
쓰지 않기
믿지 않기 어떤 사랑도
모른 척 내내 딴청을 피우며
시들지 않아 그나마 다행이랄까, 이 또한 말할 수 없다

요즘 뭐 읽어?
물어도 답할 수 없다

좋았다고 책의 한 페이지를 가져다 찍자
밑줄을 그은 긴 문장 위 적절한 포즈로 휘어진 손가락만
보이고

가장자리의 숱한 이야기들은 생략되어도 좋다, 좋다
강의 내용을 되뇌다 보면

맞은편에서 나타난 사람이 어깨를 툭 치고 간다 씨발,
하면서

간다 씨발씨발씨발

꼭 무슨 노래 같다 시 같다

공작

누가 울고 난 뒤인지 몰라

탁자에 놓인 한 컵 물을 보자 든 생각
눈물이 많은 사람이 제 눈물을 훔쳐 한 줌 한 줌 모아둔
건지도

이런 생각은 아무래도 시시하지만

눈물이라는 재료를 수집해 접고 오리고 붙이는 데 긴긴
하루를 쓰는 사람도 있겠지
서툰 손으로 색종이 공작을 하던 어린 날과 같이

물의 나라를 여행합니다
슬픔에 잠긴 여행자에게 물은 신앙이 됩니다 어째서? 아릿
한 물음을 되풀이하며 잔잔히 흘러갑니다

간밤 무심코 펼친 페이지 맨 구석에 숨어 있던 문장
사진을 찍거나 밑줄을 그은 건 아니지만

어떤 물은 사람이 됩니다
어떤 사람은 녹아 물이 되듯이

그러면 나는 그 사람을 오래 간직해야지 하는 생각
소복을 입고 아슬랑거리는 겨울처럼
겨울의 외딴 정류장처럼

버스는 오지 않겠지만

춥다, 말하는 사람의 곁에는 사람이 있고
마주 선 얼굴이 얼굴을 향해 입김을 후후 불고

혼자인 사람은 말하지 않겠지만, 춥다

자꾸만 춥겠지만

여행은 계속됩니다 출렁이며 흘러갑니다

탁자에 놓인 한 컵 물을 보자
지금 이 물은 어느 스산한 풍경 앞에 넋을 놓았나 하는
생각, 눈물의 주인은
더, 더, 아득히 깊은 곳을 헤매고

컵은 잠자코 있는데
혼자 놀다 혼자 지친 아이처럼

지금 내가 이 물을 다 마시면
참을 수 없이 갈증이 나서 그만
나는 색색의 날개를 가진 작은 짐승이 되려나 하는 생각

작은 짐승은 또 울면서 어디로 막 날아가겠네 하는 생각

내일의 기다란 꼬리

플라스틱 컵에 씨앗 하나를 심어 두었는데 무심코 싹이
났다며
이것 좀 보세요 이것 좀

그녀는 놀란다 사무실의 고약한 정적을 비집고 나온
그녀의 조그만 웃음
나는 어정쩡 맞장구치며
아, 그러네요, 아, 정말,

조그만 초록에 얼굴을 바짝 가져다 댄
그녀의 조그만 눈 조그만 코 조그만 입

혹시 개나 고양이 기르세요? 누군가 물을 때마다
절레절레 고개를 젓곤 했는데
케이지 안에 웅크린 병든 눈망울을 상상하곤 했는데

어떤 이는 제 고양이의 이름이 소란이라고 일러주었지
반갑다고, 그럴 때마다
나는 입술을 어색하게 씰룩이곤 했는데
도무지 속내를 짐작할 수 없어

이것 좀 보세요 벌써 이만큼이나 자랐어요
    그녀의 팔랑이는 웃음에는 아직 오지 않은 계절의 냄새
가 묻어 있고
    티 안 나게 슬쩍 물러선다 나는

흙이 반쯤 담긴 컵 속에 어떤 이야기가 잠들어 있는지
좋네요, 라고 해도 좋은지
금방이라도 깨어 안광을 번득이고 발톱을 세울 것 같은데

그녀는 일러준다 아랑곳없이 자라나는 초록의 이름을
나는 쉽게 발음하지 못하고

아, 아,

그녀는 종이 가방 가득 이국의 낯선 과일을 담아가지고
와서
이것 좀 드셔보세요
후식으로 한 알씩 나눠주며
이것 좀

나는 놀란다 흙때가 잔뜩 낀 그녀의 손톱
그녀의 조그만 손

한 알 과일의 옷을 벗기자 핏빛 속살이 드러나는데
단숨에 베어 문다 비릿한 무엇에 이끌린 듯
바짝 마른 입술을 씰룩이며

그녀는 웃는다

내일도 가져다주겠다고 한다

초록은 더 기다래진 꼬리를 살랑일 거라고 한다

죽을 기다림

죽집에서 죽이 포장되길 기다리는 동안

물이 있고 물은 셀프입니다 사용한 컵 두는 곳이 있고

물을 한 잔 마시며 조용히 왔다
조용히 가는 사람들
희고 맑은

죽을 기다리는 사람이 이렇게나 많은데 금방이라도 죽을,

오후 세 시의 죽집은
먼 길 끝에 지어진 작은 교당 같고
허리가 구부정한 창밖 병원은 한 사람의 깨끗한 기도 같고

무엇을 빌 수 있을까 죽을, 오직 죽을
기다리는 동안

어떤 마지막을

한 술 떠서 아— 크게 입을 벌렸으면 숨 쉬듯 삼켰으면
숨 쉬듯

죽을 기다리는 사람에게
나는 곧 죽을 가져다줄 텐데 플라스틱 용기에 가득 담긴
죽을, 아직 너무 뜨거운
일 인분을

후후 불어야 할 텐데 눈물 콧물 범벅이 되어 아— 크게
입을 벌렸으면
제발
눈을 감았으면

눈을 좀 떴으면

물을 한 잔 마시며 괜스레 초조한 심정으로

죽집을 서성이는 동안

죽지 마,

아무도 죽지 마,

불쑥 비어진 울음을 본 것도 같은데

마시던 물을 되직한 바닥에 조금 엎질렀을 때

물가에 남아

우물은 깊고 고요하다
먼 옛날
쓸쓸한 사람 하나 빠져 죽었다는 말을 들었지만
사실이 아니라는 걸 안다 누구도 죽지 않았다는 걸

죽음은 구멍 난 이파리처럼 가볍다
시간이 꾸며낸 이야기 속에서

야윈 돌배나무가 몇 개의 고단한 얼굴을 떨어뜨린다
돌배는 쓰지도 달지도 않다
때가 되면

우물 위에 반듯이 누워
긴긴 헤엄을 연습한다

쓸쓸한 사람 하나 빠져 죽었다는 말을 들었지만

결코 사실이 아니고

혼자 걷던 누군가 우연히 우물을 발견한 뒤
손에 쥔 텀블러 가득 다디단 물을 길어 담는다
물 쪽으로 한껏 허리를 구부린 그의 뒷모습은 얼핏 위험
한 곡예처럼 보이겠지만

나는 안다
그가 무사히 물을 길어, 왔던 곳으로 되돌아갈 것을

이끼 낀 나의 등을 쓸며
한 모금 마셔봐요, 다정한 인사를 건넬 것을

숨을 죽인 채
우물가를 서성이는 이들이 그 광경을 지켜본다

지친 몸을 씻고 시든 푸성귀를 다듬는다

돌배나무 아래 누워 곤히 잠든다 사나운 꿈이 다 마를 때
까지

옛날 옛날 아주 먼 옛날

쓸쓸한 사람 하나 빠져 죽었다는 말을 들었지만

우물은 고요하다

여전히

물이 괸다

물 가까이 다가서면

물속을 들여다보면, 참았던 숨을 몰아쉬며

점점이

점점이 떠오르는 얼굴

수상시인 자선작

오르골

누가 두고 간 것인지 모른다
신기하기도 하지, 아주 오래전부터 갖고 싶었던 것처럼

사랑은 오직 이 속에만 담긴 것처럼

유리로 된 상자를 조심스레 열자
사람이 있었다

사람, 사람들이 웃고 있었다
가느다란 팔을 뻗어 서로를 껴안은 채
웃고 울고 만나고 헤어지고 있었다
또다시 만나면서

거리를 두라는 말,
계단을 오르락내리락하면서 승강기의 문을 닫았다 열었
다 하면서

춤을 추고 있었다

안내 방송에서 흘러나온 노래는 늘 까닭 없이 슬퍼

품에 안고 잠이 들었다

누가 두고 간 것인지 모를 꿈을 꾸면서

춤도 노래도 영영 멈추지 않는

수상한 악몽

내가 바란 건 이런 게 아니었다고

상자를 집어 던지자 그만,

이런 게 아니었다고

마음의 투명한 커튼을 펼쳐 보이면 금세 마음을 구기는

찢는

사람이 있었다

상자는 부서지지 않았다

찢어진 마음으로 마음의 찢어진 자리를 친친 동여매주는

사람이 있었다

상자를 닫으면 더 잘 보이는 사람

뻐꾸기시계

뻐꾸기가 운다
한 시에는 한 번 두 시에는 두 번

열두 시에는 열두 번

열한 번 혹은 열세 번일 수도, 의심한 적은 없다
뻐꾸기가 울지 않은 적은 없다

태어날 때도
태어난 걸 후회할 때도
죽고 싶다고 죽고 싶다고, 어린 날의 일기 끝에 보란 듯
휘갈길 때도

망한 아버지가 갓난 나를 싣고 낙향할 때 쫓기듯
도망쳐 다시 고향을 등질 때도

뻐꾸기는 때맞춰 울었지
병상에 누운 아버지가 구역질을 참지 못하고 들썩일 때
부서진 날개를 펴려고 안간힘을 쓸 때

때로 열두 번은 너무 길어 숨을 꾹 참아야만 했는데

늙지도 죽지도 않는다는 거
그런 거 좋은 거야?

키 작은 책상에 몸을 팽개치듯 엎드린 옛날의 아이가
내내 삼키지 못한 문장을 우물거리면

몰라, 나도 몰라

뻐꾸기는 그럴듯한 답도 없이 언제나처럼
운다

운다

한 시에는 한 번 두 시에는 두 번

시간이라는 게 뭔지는 몰라도

울음에 대해서는 조금 알 수도 있겠지

뻐꾸기가 울면

잠든 아버지가 아야 아야야 신음하며 잠시 깬다

천사의 얼굴

막 계단을 오르는데
막 계단을 내려오는 사람과 마주쳤다
구겨진 흰 셔츠의 사람
조금 비틀거리는가 싶더니 황급히 난간을 짚고서

어, 조심하세요, 그러자
그는 괜찮다는 듯 싱긋 웃어 보였다 몹시도 창백한 얼굴로

어느 날은 창밖의 그를 봤다
유리를 닦듯이 위에서 아래로 가느다란 줄을 타고 내려
오는 그를
조마조마한 심정으로 지켜봤다
조마조마한 빛으로

그도 나를 봤을까

창을 열자

그는 사라지고 없었다 나는 깜짝 놀라서 에이 설마, 하
면서

저 먼 아래를 내려다봤다 차마

보지 못했다

눈을 질끈 감고서

생각했다

환영 같은 거라고 나는 며칠째 야근을 했고 잠을 충분히
자지 못했으므로

과로의 한 증상이라고

생각, 생각을 했다

막 계단을 오르는데

막 계단을 내려오는 사람과 마주쳤다

관계자 외 출입 금지의 사람

입구는 반대편입니다

안이라고 생각했는데
밖이었다 나는
이상했다

며칠째 야근을 했고, 너무 오래 잠들었으므로

계단 아래 엎드려 잠시 기도하고도 싶었지만
누구에게 뭘 빌어야 할지 몰랐다

비상구

엘리베이터를 타고 로비로 내려갔다 곧바로 옥상으로 올라갔다 회의실에 갔다 화장실에 가고 휴게실에 갔다

무엇을 찾고 있는 것 같았다 나는 중요한 서류인 것도 아끼는 소지품인 것도 같은데
나는

보이지 않았다
복도를 한참 동안 서성여도 센서 등은 켜지지 않았다

검은 고요가 떼 지어 밀려왔다 덕지덕지 안겨 왔다

검은 천장 검은 벽 검은 유리에서 간신히 찾은
검은 나는

금방이라도 깨질 것 같은

벌써 깨진 것도 같은

내게서 눈을 뗄 수 없었다 도처의 거울 앞에서
매무새를 가다듬게 되었다
눈 코 입을 붙였다 뗐다 더 많이 붙였다 반복하게 되었다

검정이 짙어질수록
나는,
나를 바라보는 나는
너무 많은

나는 눈을 뗄 수 없었다

빛은 멀리 있었다 그러나 아주 멀지는 않은 곳에
어떤 자국처럼 퍼렇게 맺혀 있었다

자국은 지워지지 않았다

낯익은 누군가
전선을 닮은 겹겹의 팔을 뻗어 허둥지둥 창을 열었지만
나는 날아가지 않았다

그 자리 그대로 남아
기계적으로 윙윙거렸다 출구를 찾는 척
잠시 그러는 척했다

사다리를 타고

새로나세탁소와 정미부동산이 있는 삼 층 건물 옥상에
사람이 있다
안전모를 쓰고 토시를 낀 사람이
무언가를 뚝딱거리며 고치는 것을 응암정보도서관 일 층
조그만 창으로 내다본다
시를 쓰며 본다

둘이었다가 하나였다가 다시 둘이었다가
사람이

기다란 선을 감았다가 풀었다가
사다리를 세웠다가 눕혔다가

망치를 번쩍 치켜든 오후, 해를 탕탕탕 두드리는

사람이

양손에 빵과 우유를 쥐고 잠시 난간에 걸터앉는
신발을 벗었다가 신었다가
벗었다가

먼 데를 올려다보면 하나같이 높은 곳
그 뒤로 조금 더 높은 곳

그을린 목을 한껏 젖힌다
금방이라도 닿을 듯 가까웠다가 죽어도, 죽어도 닿을 수
없을 듯 멀었다가

시를 쓰며 본다
사람이
사라지지 않는다

가까웠다가 멀었다가 가까웠다가

창을 열면

기다렸다는 듯 문장은 바깥으로 도망쳐버리고 잽싸게 날

아가버리고

돌아오지 않는다

녹슨 사다리를 타고

나는 무엇을 보고 있는지 무엇을 쓰고 있는지

땀에 전 수건 하나가 물탱크 옆에 걸려 백지처럼 펄럭일 때

하나였다가 둘이었다가 하나도 둘도 아니었다가

하늘은 천천히 책장을 덮는데

사람이

사라지지 않는다 끝나지 않는다

시는

돌아오지 않는다

모르는 사람

돌멩이 하나를 줍는다
바다가 헌 광목처럼 늘어진 도시

숭숭한 돌멩이에서 한 사람의 얼굴을 본다
꼭 감은 눈
삭다 만 시간을 여미듯 앙다문 입술

모르는 얼굴이다
숨죽인 물결이 끝도 없이 포개져 누운

감 아무개부터 황 아무개까지*,
모르는 이름

모르는 도시
형무소 자리 맞지요? 지금은 주차장이 된 곳을 어리둥절
서성이다

어시장 앞에서 버스를 타고 나는 이곳에 왔는데 약속처
럼 바다를 보러 왔는데
아름다운 바다

바다는 잠잠하다 아무도 죽지 않았다는 듯

한 사람은 노조에 가입했다는 이유로
한 사람은 인민군에 동조할지 모른다는 이유로
살해됐다, 한 사람은
학교에 가다 극장에 가다 마트에 가다 잠시 휴대폰을 들
여다보다
또 한 사람은,

바다를 보며 서서 해가 저물길 기다린다
몇 대의 빈 버스가 왔다
간다 느릿느릿

마산 사람이가?

아니예
아니, 예, 아니,

빗돌에는 슬픈 이야기만 빼곡하고
누구를 찾아왔노?
누구를?

매일 아침 위령탑 주변을 청소한다는 사람
"위령비 앞에 대빗자루를 들고 서면 저도 똑같은 마음이
됩니다"**

모르는 마음이다

마산에 산 적이 있었는데

총알 자국 선명한 담벼락을 지나 학교에 다닌 적이 있었
는데 그때,

나는 누구인가

바다는 어디인가 아름다운 바다는

나도 모르게 손에 꼭 쥔 돌멩이 하나

부서질 듯 몸부림치다 한 사람의 정수리로 내리꽂히는
뙤약볕

꼭 오늘 같은 여름이었을 것이다

*   한국전쟁민간인희생자창원위령탑 뒤 빗돌에 새겨진 희생자 명단.

** 「매일 '민간인 학살 희생자 위령탑' 청소, 무슨 사연?」『오마이뉴스』
　　2022. 10. 28.

카페 파스쿠찌에서

흰 바닥
흰 기둥 흰 계단

창가에 앉아서 본다

흰 사람 사람들
끝도 없이 오고 가는

병원 로비 한쪽 카페 파스쿠찌에서
커피를 마시며 관망하는 풍경은 꼭 천국 같네

한쪽 다리에 깁스를 한 아이가 콩콩콩 뛰고
손등에 멍이 덕지덕지한 노인이 갓 낳은 알처럼 환한
아이스크림을 핥는다 휠체어에 기대어
슬며시 건너다보는

창 이편,
우리는 불쑥 눈이 마주치고

강물이 아름답다는 이국의 한 도시를 생각하고
쪽배를 타고 잇따라 떠오는
사람들

사진을 찍어 기념으로 간직하고도 싶은데

손을 꼭 잡고 오는 사람들
사람이 사람을
업고
들고
끌고

바퀴가 지난 자리마다 진한 단물이 뚝, 뚝,

머지않아 깊은 곳에 잠길 텐데

흰 바다

흰 사람 사람들

다급히 걸려온 한 통의 전화

보호자분? 보호자분?

천천히 일어나 걷는다

빛이 할딱이는 강물 쪽으로

따뜻한 이불을 덮고 주무세요

누군가 앉았다 일어난 자리
머플러 한 장이 놓여 있었다, 한 장의
사람이었다
지나치게 움츠러든 사람
누군가 그를 두고 가버린 것이었다

어서 오세요

사소한 인사라도 듣고 싶은 것이었다
금방이라도 바스러질 것 같아
커피숍 닫힌 문을 비집고 들어온 지난 계절의 잎새

어떤 말이라도 필요한 것이었다

내일 전국 흐리고 쌀쌀 밤부터 기온 뚝, 일기예보 문자마
저 한참을 들여다보는

언제부턴가
눈 닿는 곳마다 비가 내리는 것이었다
그 비를 다 맞는 것이었다

저 테이블 저 의자 저 쓰레기통
찌그러진
찌그러진

여기에 버려주세요

잇자국이 선명한 컵이나 식어버린 커피의 안부를 염려
하는
그냥 그런
사람이었다

감사합니다

작은 우연이라도 필요한 것이었다

살아 있다는 사실, 가끔은 그 사실을 들키고 싶어

바닥에 맥없이 주저앉은 머플러

그를 일으켜 급히 카운터 쪽으로 향하는 누군가

안녕히 가세요

안녕히 가세요

수상후보작

강지혜

I know you take your child now 외

1987년 서울 출생.
2013년 『세계의문학』 등단.
시집 『내가 훔친 기적』 『이건 우리만의 비밀이지?』.

I know you take your child now

　안녕하세요 내가 그 야적장을 낳은 여자예요 야적장은 잘 있나요 벽돌과 모래와 덤프트럭과 철근과 전선 드럼과 슬픔과 괴로움과 고통과 뼈와 기쁨이 아직 잘 살아 있나요 야적장에게 전해주세요 우리 한바탕 울고 나면 너도 나도 죽진 않을 수 있다고 깊은 잠을 자라고 내가 어떻게 이 시간까지 잤지 되묻게 되는 잠을 자라고 이제 내가 옆에 있겠다고 건물이 되지 못한 건축자재가 쌓인 곳에서도 광대풀 꽃은 지겹게 살아 있었다 제초제를 뿌려도 그때뿐 뿌리를 들어내도 그때뿐 모든 씨앗을 막을 수는 없으니까

　야적장 둘레는 철근과 철판으로 엮여 있고 비를 맞고 눈을 맞아도 철들은 녹슬지 않았다 야적장의 외부를 관리하는 이는 아무도 없는데도 야적장 한편에는 조금 더 작은 자재가 정리되어 있는 비닐하우스가 있고 자재가 들고 나는 것을 체크해야 하니까 사무실 노릇을 하는 컨테이너가 있다 커다랗게 관리인 전화번호와 경고문이 붙어 있다 도난

방지를 위해 CCTV 촬영 중입니다 문의 사항이 있으면 이
쪽으로 연락 바랍니다

  우연히 통화 소리를 들었다 누군가 울며 알 수 없는 말을
이어갔고 수화기를 들고 있는 사람은 뒷모습만 보여서 표
정을 상상할 수밖에 없었다 아마도 그는…… 글쎄, 언젠가
누군가 서기의 우는 얼굴을 보고 놀라서 죽었다는 것 같던
데 나는 관리인일지 아니면 어떤 여자의 자식일지 모를 그
의 뒷모습을 보고 슬프거나 안타깝지는 않았다 그는 야적
장일 테니까 이 야적장은 내가 보기엔 완벽하니까

  이 야적장에는 그 흔한 불법 쓰레기 투기도 없어 그저 곤
히 잠들어 있는 크고 작은 중장비들 있다 정갈한 건설 자
재들이 쌓인 모습이 아름답다 야적장을 낳은 여자를 상상
해보자 그의 결단과 그의 임신 기간을 감각해보자 후, 나는
못 해 나는 아마 어려웠을 거야 나는 그 여자를 어리석다고

생각하지 않는다[*] 그 여자를 사랑해야 한다 지긋지긋한 들
풀의 흔들림을 끝내 사랑했듯이 복중의 야적장은 힘차게
발길질을 해댔겠지

   야적장 바로 옆에는 노란 장미가 두 그루 심겨 있다 사계
절 내내 장미는 빛을 뿜는다 여기에는 없는 게 없다

[*] 기형도, 「기억할 만한 지나침」, 『입 속의 검은 잎』, 1989, 문학과지성사.

야적장

어떤 죽음은 함께 살기엔
너무 크게 자라서

야적장에 두어야 한다

비극은 눈물을 흘려서
세를 불리니까

신새벽, 악을 지르며 내 침대로 찾아드는 아이에게
쉬이— 쉬—
나는 항상 여기 있어
말했지만

정말일까

매 순간 우리에게

시간이 넘실대는데
질병이 도사리는데

그의 평안은 요원하고

거대한 철제 가림막들은 철제 파이프로 연결되어 있고
철제 파이프들은 철사로 이어져 있다

철은 녹슨다
철은 정직하니까

여기는 보통 사람이 없고
바람과 벽돌 몇이 웅크리고 앉아
전쟁이나 시 따위를 태우고 있다

따뜻하려고

아이와 손잡고 야적장 옆을 지날 때
길다란 꿩 꼬리털을 주워 들고 그가 해사하게 웃을 때

방수포에 덮여 있던 비극이
얌전히 놓여 있던 죽음이
부스스 몸을 턴다

신을 믿지도 않으면서 나는 무릎을 꿇어 앉는다
두 손을 모으고 눈을 감고 간절히 기원한다

부디 그에게 평안을 주세요…… 그에게 평안을…… 평
안을……

인장 印章

가을이 깊어지면
바다에는
납작한
뱀의 매듭

꿈의 구덩이로 채 파고들지 못한

죽음의 전언

여기에 삶이 있었습니다
다만 이제는
가뿐하게 눌린

바퀴는 무심하고 무거우며 새카맣다
여름이 뜨거웠듯이

압력의 순간에
뱀은 어떤 온도였을까
변온동물의 죽음은 차가울까 두려울까

길을 헤매던 하얀 개가
뱀의 사체에 코를 댄다
개는 아마 많은 것을 읽어낼 것이다
내가 알 수 없는 것
알지 못하는 것 감히
알려 하지 않는 것까지도

　긴 동물의 쿵쿵 짧은 생애와 쿵쿵 그 새끼의 쿵쿵 더 짧
은 슬픔과 쿵쿵 혼란 속에서 쿵쿵 떴다가 지는 태양 쿵쿵
먼 바다에서 쿵쿵 떠밀려 와 쿵쿵 빈 허물에 부서지던 쿵쿵
잔인한 포말까지

나약한 존재는 편지를 쓸 뿐

하얀 손을 들어
봉투를 닫을 뿐

결혼하고 싶어

어두운 곳으로 걸으면
별이 보이지
빛이 많은 곳에선
고통이 드러날까

별건 아니더라고

왜 너는 내가 아닌가에 대한 해답
우리는 이미 허구이고
나는 나로 너는 너로 죽겠지
근데 그거 알아?
허구 속에서도 사람은 태어나더라구?
그렇게 인류가 이어져온 거라니
대단한 건 아니지

소중한 것은 걸음들

시간 속으로 촘촘히 박아 넣는 이 순간의 순간들

사실은 그저 너를 저주하고 싶어

네 말이 맞아
네가 실패한 장면 안에 서서
큰 소리로 너를 비웃어주고 싶어

들켜서 당황한 것뿐
그래서 결혼한 것뿐

건강보험을 얼마 내는지
침대나 조수석 밑에
오만 원 몇 장이 굴러다니는지

인구절벽의 나라에서

바위틈 사이에 핀 들꽃을 떠올린다면

거센 바람을 맞으며

한들한들 향기를 뿜게 되려나

무엇보다 낭만을

누구보다 낭만을

거주지에

시대에 뿌리고 싶은 거지

거창한 이야기는 내 전문이야

아무것도 모르는 너는 사랑스럽다

어제 너는 내 무릎을 베고 코를 골고

오늘 나는 노을 속에 성혼을 선언한다

두 사람은 서로에게 진심을 다하며 검은 머리 파뿌리 될

때까지 서로만을 아끼며 사랑할 것을 맹세합니까?

네! / 네?

필요와 사랑의 탄생

어떤 초콜릿은 악기가 되지

너는 너의 당연함을 배신하면서

자라고 또 자라고

네가 주는 말을 받아먹으면서
소리 죽여 웃곤 해
비겁하고 위대하지

어쩜 너는 그토록 나의 조각일까
너를 삼켜 나를 만든 것처럼
찰기 어린 거울

그가 필요해

피료, 하고 말하는 작은 입술
너는 필요를 사랑하게 된 걸까

횟 하고 바람이 부는 동그란 입술 사이로
속절없이 무너지는
나

너를 위해서라면

가짜도 괜찮아?
내일도 괜찮아?
다만

바다가 태양을 필요로 하는 찰나에
네가 필요를 버릴지도

우리는 달리고 세계는 걷잡을 수 없이 부풀고

뇌우가 가득하고

전기가 빽빽이 들어차고

곧 소나기가 올 거야

결집된 것들이

폭발이 필요하다네?

너는 끄덕인다

노래 틀어줘 엄마

엄마가 좋아하는 노래로

트로트 틀어줘

차라리 다 끝났다고 말해줘 틀어줘

율이 터진다

너의 오늘이
찬란한 노을이
다시 없을 빛깔이

폭발하여 돌아오지 않는다
사뿐

---

* 박혜원의 노래 「시든 꽃에 물을 주듯」. 아이는 이 노래의 모든 가사에서
  숨죽이고 있다가 이 부분만을 목에 핏대를 세우며 열창한다.

흰 개

떼그르르르
떼그르르르

쇠 따위의 것이 아스팔트 바닥에 끌리는 소리였다

잔뜩 날을 세우고
주위를 경계하는데

해맑은 눈의 흰 개가
붉은 혀를 빼물고 나타났다

두꺼운 나일론 목걸이에
연결된 무거운 쇠사슬

길을 잃은 걸까
필사적으로 떠나온 걸까

시간이 깊을수록
어둠과 공기 모두 꽁꽁 얼어만 가고

어디서 왔니?
손을 뻗자
질끈 눈을 감았다 뜨는 흰 개

단지 눈을 깜빡였을 뿐인데
모든 것을 알 것 같은 기분이 되어
아니 실은
아는 척하고 싶었던 걸까

추위와 고통과 아픔과 죽음을
손쉽게 떠올려버리는
나는 왜 이다지도 오만한가

그 찰나

세상에서 가장 어리석은 인간이 된 나를
빤히 보던 개가

유유히 떠난다

떼그르르르르 떼그르르르르

시리도록 까만 밤하늘에
사슬 소리를
촘촘히 박으며

별자리처럼
신화처럼

사발

뭐에 씐 게 아니면
저럴 수가 없어

너는 칠만사천오백 년의 시간을
모두 베어버렸다
공사는 순식간에 끝났다

망령 들린 빗방울

떨어진다
정화수여
괴로운가

광질 하는 쇳덩이들

까마귀들이 달아난다

새의 색은 불

불탄다
사라진다

만신의 힘으로도
이제는 막을 수가 없어

약하기 때문, 약한 것에는 뭐가 씐다, 틈이 있기 때문, 틈에
는 뭐가 산다, 깊게 파고든다, 숙주가 된다, 조화가 아니야, 잡
아먹힌다, 먹혀, 뗄 수가 없다, 이제 뗄 수가 없어, 약하기 때문,

조각은 물조차 담을 수 없어
그렇다고 흉기가 되길 자처하다니

소금을 뿌려라

순결한 피를

아무것도 죽이지 않고는
아무것도 살릴 수 없나요

독한 거품을 무는구나
침을 삼키는 순간마다
제 목숨마저 거두어 갈 줄 모르고
지옥 불에 튀겨질 줄 모르고

모든 구멍으로
삿된 피를 토하고
당나무 아래 서고 앉은 자
모두 죽는다

다섯 색 중 어느 것도

우리를

용서하지 않는다

김상혁

굿나잇 외

1979년 서울 출생.
2009년 『세계의문학』 등단.
시집 『이 집에서 슬픔은 안 된다』 『다만 이야기가 남았네』 『슬픔 비슷한 것은
눈물이 되지 않는 시간』 『우리 둘에게 큰일은 일어나지 않는다』.
〈김춘수시문학상〉 수상.

굿나잇

명심해, 계속 그 자리를 지켜, 냄새 독한 낡은 마을버스 비좁은 의자에 앉은 채로 자다, 깨다, 놀라서 보면 목적지까지 스무 정거장, 이제야 열다섯 정거장, 안심하고 더 졸다가 눈뜨면 아직 열한 정거장…… 이토록 갑갑하고 나른한 퇴근길처럼 살아왔지, 모든 정류장과 골목마다 급정차하는 타이어가, 겨우 잠든 두 발을 자꾸만 띄우듯, 아무것도 아닌 일에 생활이 멈출 때, 삶의 깊은 내부여야 할 것들이 가벼운 물건처럼 뒤집히고 쏟아지지, 기억해, 여기서 더 잔다고 덜 피곤한 게 아니야, 울렁이는 차 안에서, 얕아지는 호흡에 시달리다가 견디지 못해 벨 누르고 하차하는 사람들, 지금 기지개 펴며 상쾌한 얼굴로 거리를 걷지, 긴 휴일에 연차를 붙여 휴가지로 떠나려고 막 짐이라도 꾸리는 표정이지, 그들은 토하기 전에 밖으로 토해진 거야, 담배를 피우며 다음 버스는 냄새 덜 나기를 바라고 있지, 잊지 마, 가족이 집에서 기다려, 원래 아이란 손이 안 닿는 좌석들로 하염없이 굴러가는 예쁜 구슬 같다, 또한 노부모는 축 처진 바지 주머니 속에서 영원히 달그락거린다, 냄새처럼 소리도 마찬가지야, 진짜 못 참겠네, 그래도 한 사람을 탓하기가 어렵다, 여덟 정거장 남았고 창밖을 내다보면 흐리고, 바람 불어 몹시 춥고, 두꺼운 외투와 눅눅한 우산과, 겁먹은 인생을 증명하는 수많은 짐들이 무릎을 짓누르지, 잘 들어, 가방이 무겁다고 가방을 버려서는 안 돼, 덜 아까운 짐을 골라서 두고 내릴 생각은 하지 마, 금방이야, 스무 정거장 전이야, 남은 시간 더 끌어안고 거기에 깊이 코를 박아, 그리고 잠깐만, 잠깐만 더 좋은 꿈을 꿔

인간을 지탱하는 하나의 무엇
혹은 사소한 인생

성공적인 삶의 비밀을 알려준다는 개발서가 말하길

무엇보다 사람은 자기암시가 중요하다는 것이다

'흔히 말이 씨가 된다는 속담도 있지만

더 무서운 것은 당신의 생각이야말로 성공과 실패의 씨

앗이라는 사실이다'

라는 구절 아래 번호를 붙여 해외의 여러 사례를 모아두

었다

출처는 불명이고

시기, 장소, 인물의 이름은 적혀 있다

어디서 한 번쯤 들어본 듯 익숙한 얘기의 변형이라 의심

없이 읽게 되는 내용들

나미비아 탄광촌 가난한 소년이 다이아몬드만 생각하다

가 정말 다이아몬드 광산의 오너가 되었다는 사례

언어장애를 갖고 태어난 이집트 파이윰의 어느 청년이

예수 발등에 입맞춤하는 단 한 번의 꿈을 계시라고 믿고 신

앙을 지키다가 대주교가 된 사례

하루 몇십 번 발작이 나타나는 어린 남동생의 산책 장면을 수도 없이 상상하던 영국 귀족 소녀가 끝내 신약을 개발해 동생을 산책하게 만든 사례가 나오고,

뜬금없이 사소하고 비극적인

한 호박 농사꾼의 이야기가

시대도 공간도 모호한 가운데

'혹 당신은 아침에 눈을 뜰 때마다 부정적인 하루를 그려보는가? 그렇다면 당신의 삶은 이미 실패다 그리고 어쩌면, 그런 부정적인 사고가 당신과 가족의 목숨마저 앗아 갈 수 있다'

라는 구절 아래 번호가 생략된 채 붙어 있다

별 볼 일 없는 배경과 외모를 가진 남자는 먹고 자는 시간마저 바짝 줄여 근면한 덕에 나이 오십에 작게나마 제 땅을 가지게 되었고 그제야 결혼해 겨우 아들을 얻었는데

난산 중 사랑하는 아내가 세상을 떴으므로 남겨진 소생은 늙은 인생에 전부나 다름없었다

한데 아들이 열 살 되던 해 옆집에 소피, 라는 인정 많고 아름다운 처녀가 홀어머니와 이사 오게 된다

여러 날 소피의 순결한 친절이 반복되면서 남자는 매일 밤 잠들기 전 망상을 즐긴다 만일 자신이 하나뿐인 자식을 잃는다면 소피의 동정심이 극에 달할 거라는 상상 속에서

유일한 핏줄마저 떠나보낸 슬픔에 오열하는 백발의 머리통이 소피의 두 팔과 가슴에 묻혀 들썩거린다

결국 아들의 죽음은 남자의 부정한 생각이 초래한 결과임을 암시하며 이야기는 끝나고

개발서를 덮고 나니 눈앞에 그려지는 장면은

누렇게 떠서 늙은이 머리 같은 맷돌호박을 든 세 사람의 모습

먼저, 남자의 죽은 아내가 몸을 돌리다가 맷돌호박을 바닥에 떨어뜨린다

다음, 열 살 아들이 남자한테 맷돌호박을 안고 달려오다가 바닥에 떨어뜨린다

집으로 돌아가야 하는 소피가 힘들게 들고 있던 맷돌호
박을 바닥에 떨어뜨린다

그리고 알다시피 깨지기 전

호박을 파서 남겨야 할 표정은 언제나 웃음뿐이다

일인 가구

아빠는 개자식

엄마는 방관자

문학에 그런 얘기 많았지

오래되어 귀해진

당산목처럼 흔했지

말귀 아는 나무에 붙은

매미는 입술 같아

아빠는 개자식

엄마는 방관자

여름 내내 울렸지

벌레에 약 치고

제라늄이 녹는 계절

뿌리가 움켰던 동전은

다시 버려지고 녹슬고

쓰다 만 노트 낡아가는데

아빤 개자식

엄만 방관자

혼자 살다 간 귀신처럼

짊어진 적 없는 짐을

손저울에 올려본다

나의 마을 더하기 나의 축대

더하기 나의 정원과 울타리를

응축한 나라는 육체 하나

개자식 없는

방관자 없는

일인 가구 설문지를 채워가며

문학에 그런 여름 많았지

티셔츠가 온통 땀이었지

설문조사원 배웅하고

가스검침원 기다리는

한때

장마에 들뜬 벽보처럼

마음은 길고 흔했었지

겨울 놀이

굴러간 것 그러나 잘 보였던 것

미끄러진 아이가 굴러가는 것 눈이 많이 쌓인 날 아이가 다른 아이를 아래 골목으로 굴린 것 아픈 것 아프면서 되게 웃긴 것 손도 발도 다 놓친 것 분명히 대문 함께 나섰는데 더 놀아줄 시간 부족한 것 바깥은 매번 급한 것

진심 따라잡기 벅찼던 것 하지만 눈밭까지

거진 다 왔다니 따라가지 않을 수 없는, 이쪽에 얼굴 한 번 안 봬주고 손짓하는 것 언제나 아이가 되는 것 어린애일 뿐인 것 아까 낮잠 자고 일어난 것 에너지 넘치는 만큼 해가 짧아지는 것 그렇다고 길고 긴 밤은 또 아닌 것 먼저 요부터 치운 것

꿈속에 머리칼 한 올 안 남긴 것 털모자 벗었고 털장갑

버렸고 놀이 끝! 외쳤던 것 실은 서로 힘껏 밀었던 것 그러
고 실컷 웃은 것

　같이 웃을 수 있었던 것

할머니의 거북

그때 앨곤퀸파크에 갔는데

(할머니가 수박만 한 거북을 번쩍 들어 자동차 트렁크에 넣으려다 관리원한테 들켰던 곳)

어떤 우거진 자리는 빛 한 줄기 안 보이고

어느 물줄기는 비버들의 댐에 막혀 뒤틀리는 중이고

곰 조심 표지판을 보는 중 가족들 발치가 온통 어두워져

죽도록 놀랐는데 그냥 구름 그림자고, 그렇게

기분이 좋다가 무섭다가 여섯 시간 넘게 숨차게 걷고 나니까

계속 살고 싶은 고향 같더라고요 우리 중

아무도 말은 안 했고 그냥 서로 마음을 알겠더라고요

이모부 여기로 출장 한번 잘못 와서 왜 이민까지 결심했는지

이해가 되던데요 (방금 거북을 도로 놓아준 우리 할머니)

실은 이모네 설득하러 왔거든요 일이 년 좋은 경험 했다

치고 한국 들어오라고

　부모형제 다 버리고 무슨 짓이냐 성질도 부려본다 했는데

　앨곤퀸파크가 흔한 풍경 아니더라고요

　자연을 막는 자연

　흔적을 지우는 흔적으로서

　(죽기 전까지 할머니가 죽도록 사랑했던) 하나님 손이
놓친 거대한 기계인 듯

　끈질긴 생각이든 인정이든 다 끊어놓겠더라고요

　그때 앨곤퀸파크에 갔다 오는데, 운전자 이모부가

　뒷좌석 우리더러 오늘 어땠는지 물어보는데

　거북이 아까웠다는 얘기 말고 가족들 다른 말을 못 하더
라고요

배트

당신처럼 선량한 사람 없습니다
함께 살지만 않는다면 당신은 세상 친절하고
사랑스럽게 수다스럽죠 문 뒤에서 귀를 열고
언제든 사람들 도울 준비가 되어 있어요
음식이 있으면 응당 나누고 나눌 음식을 구하자 치면
힘과 돈 아끼는 법이 없죠 **함께 살지만 않는다면**
당신은 천사나 다름없어요 천국에 가장 어울리는
눈이란 세상 모든 일에 조금씩 눈물 흘릴 줄 알아야죠
삼십 분마다 환기하고 매일 씻고 배트로 이불 털어요
어쩌다 당신같이 커다란 사람이 가난하게 태어났을까?
물어보면 모르는 게 없고 새벽 다섯 시에 일어나
거리를 청소하고 창을 열어 새와 구름에 말을 걸고
그럼에도 부족한 자신을 책망하는 동시에 응원합니다
당신 일손은 쉬지 않아요 **함께 살지만 않는다면**
멈추지 않는 손처럼 아름다운 광경이란 없으니까
악한 것은 맘껏 비난하고 약한 것에 귀 기울이는

당신과 한방에서 자고 일어나던 지난 시절이
고집스럽게 이파리를 내미는 중인데 나는 짐을 싸면서도
설익은 열매나 바라는 속물이 됩니다 **함께 살지만**
않는다면 당신은 동물원 혹은 지하철역에 앉아서 우는
나를 향하여 손을 내밀었을 테죠 재물을 나누었을 테고
나는 사랑에 빠졌을 거예요 카페에서 커피 마시면서
과장된 농담을 섞어 나 먹을 욕을 세상에 퍼부어주고
좋은 담배를 권하는 사람 거부하기란 어려웠을 거예요
나보다 키가 두 뼘이나 크고 낮이든 밤이든 발소리마저
씩씩한 당신 **함께 살지만 않는다면** 우리는 아무것도
알 필요 없이 서로를 아끼고 서로의 대문 앞을 지키고
돌아설 때는 별빛에 대고라도 조용히 속삭일 겁니다
삶이란 얼마나 단순하게 기쁘거나 고통스러운 것인가요

몇 사람과 한 마리의 개

집이 낡아서 방문이 잘 닫히지 않았다. 손을 떼면 미닫이가 벌어지고 문틈으로 소리가 새나기 시작했다. 화장실 찾던 손님이 방을 들여다보았다. 사랑의 비밀을 지킬 수가 없었다. 문을 잠그려면 문의 중심을 어깨로 밀면서 고리를 비틀어야 했다. 대화에 집중하기가 어려웠다. 거실 불이 켜지면 방에서 자던 개가 몸을 털고 일어나 짖었다. 개를 누군가 훈련시켜야 했다. 볼일을 보려면 망볼 인원이 필요했다. 문을 고치려면 사람을 불러야 했다. 문제는 잠금장치 아닌 문이었다. 더 큰 문제는 어긋난 문 아닌 문틀이었다. 가장 큰 골칫거리는 뒤틀린 문틀 아닌 집이었다. 집이 낡아서 방문이 잘 닫히지 않았다. 손을 떼면 미닫이가 벌어지고 문틈으로 소리가 새나기 시작했다. 그러자 손님, 사랑의 비밀, 잠금장치 고리, 대화, 거실 불, 개, 짖는 커다란 개 훈련시키기, 볼일과 망보기, 문 고치는 사람 등은 골칫거리였다. 시간은 골칫거리였다. 방 침대에 앉아 그날의 일과를 이야기했다. 공통의 관심사가 있어 밤새웠다. 닫히지 않는 문에

과연 얼마를 쓰는 것이 적당한가. 몇 사람과 한 마리 개를 지키는 일은 공허했다. 단 한 사람보다 공허했다.

민구

산책 외

1983년 인천 출생.
2009년 『조선일보』 등단.
시집 『배가 산으로 간다』 『당신이 오려면 여름이 필요해』 『세모 네모 청설모』.

산책

가볍게 시작했는데
공동묘지 앞에 서 있다

이쯤에 묘지가 있다는 걸 몰랐을 리 없다
평소라면 피하는 길
누가 떠밀거나 잡아당긴 것도 아닌데
어쩌다가 제 발로 왔을까

으스스한 기분도 잠시
여럿 사이에 서 있으니
아파트 동 대표가 된 것 같다

누워 있어야 튀지 않을 텐데
죽은 자가 중얼거린다

나는 직업병처럼 생사에 관한 문장이 떠오른다

그대로 옮기면 글이 되겠지만
당신 앞에선 거짓말쟁이가 된 기분

죽은 사람들은 말이 없는데
계속 나를 설득한다 그럴 땐 살아 있는 게
조금 억울하다는 생각도 든다

묘비에 적힌 이름을 지우고
죽이고 싶은 사람의 이름을 넣는다
사망일을 오늘로 고치며 화를 삭이는
나는 사이코에 불과하다

그런 내가 사람을 만나 사랑을 한다
나이를 먹고 더 나은 집을 찾는다
이래도 되는 걸까

여기까지 와서 따질 수 없다
명절 오후의 쓸쓸한 공동묘지
나는 자손도 없는데
무슨 의미가 있겠는가

집으로 가서 누워야겠다
가볍게 시작했는데

첫 시 쓰기

시를 처음 쓰는 학생들에게
서툴게 써보자고 제안했다

잘하지 말고 서툴게

부담 갖지 말라는 뜻이 아니었다
함께 극복하자는 의미도 아니었다
내가 부족한 인간이라 알려줄 게 없기 때문

수업이 끝났다 마음대로 되지 않는 게
하나씩은 있었을 것이다

문법은 서툴지만 표현에 예민한 사람
표현은 못 해도 밤새 기다릴 줄 아는 사람
나처럼 경험이 부족해서 시인인 주제에
흔한 세계관 하나 없는 빈털터리

세계는 넓다 사람은 무섭고
조그만 집을 갖는 건 꿈같은 일이다

집이라고 하기에는 민망한 방에서
나는 목을 매려고 했다
창문을 닫고 번개탄에 불을 붙이다가
누워 있는 나와 눈이 마주쳤을 때
죽는 것도 서툴고 사는 것도 어려워서
우리는 웃고 말았다

그만 웃고 한번 써봅시다
좋아하는 게 없으면 싫어하는 것
나를 아는 이를 부르거나
헤어지는 기분으로

어려워요 하지만 두 번 세 번 써도

나아지지 않을 겁니다 우리는

서로에게 쓰러질 것입니다

오늘은 서툴게

상몽

복권을 샀는데
꽝이 나왔다

꿈에서 산 것조차 꽝이라니
운이 없구나 생각할 무렵
잠에서 깼다

창밖 놀이터에는 나무들이 서 있고
바람에 운세를 점치는지
오늘은 조금 흥분한 모양

나는 두꺼운 점퍼를 꺼내 입으며
간밤의 꿈을 떠올려보지만
복권집에서 만난 사람들의 얼굴처럼
어제의 일이 기억나지 않는다

미래를 알 수 있다면
하루만 먼저 다녀올 수 있다면
뒤집힌 이 양말부터 바로 신자

나는 미리 외운 번호로 부자가 되겠지
비밀을 털어놓을 수 없어서
밤마다 스트레스에 시달리고
내일의 사고를 방관한 죄로
평생 죄책감에 시달리겠지

복권을 샀는데
오늘도 꽝이 나왔다

하나도 안 맞아
너는 미래에서 온 사람처럼 말했지만

하나는 맞았잖아

나는 오래전부터 이 순간을 기다린 것처럼

네 손을 붙잡고 있다

이게 꿈이 아니면 좋겠다

뒤로 걷기

사물을 관찰하는 방법 중 하나는
뒤를 보는 거예요
거기에 비밀이 있고
그걸 숨겨놓은 사람이 있거든

동전의 앞면과 뒷면 같은 건가요
나는 선생님께 질문하고 싶었지만
뻔뻔한 두 얼굴을 가지고도 무엇 하나
이루지 못한 인간이 된 것 같다

사진에서 죽은 친구의 얼굴을 발견한다
그가 내 어깨에 손을 얹고 있다
손바닥은 따습고
창문을 열면 이마가 벗겨진 녀석이
주차는 어디에 하냐고 물을 것 같다

생의 이면과 감정의 이면

그런 걸 몰라도 사는 데 지장은 없었지만

나는 자꾸만 돌아본다

소소한 줄 알았던 과거가 무서워서

나 때문에 울던 이의 모습이 떠올라서

기죽은 내가 덤덤한 나를 따라잡을 때까지

산책을 멈추고 기다리는 버릇이 생겼다

오늘도 하천에는 오늘 모양의 종이배가 뜬다

누가 그런 짓을 하는 건지 모르겠지만

드넓은 우주에서 아무런 영향 없는 존재들이 벌이는 짓
이란

으레 그런 것

죽은 사람들의 이야기를 읽을 땐

어쩐지 살아 있는 기분

그러니 배가 가라앉을 때까지

함께 걷는 재미도 있다

오보

한낮 큰 추위 없이
전국 대체로 맑음

하지만 영화 속 악당들의 총질처럼
기상청의 예보는 빗나가고

아침부터 옷깃을 세우며
어디론가 걷는 사람들

갑자기 번개가 치고
예고 없이 비가 내리더니
하늘에서 아는 사람들이 내려오고
모르는 사람들까지 줄줄이 내려온다

한 줄기 희망처럼
보고 싶은 사람들이 내려오고

꼴 보기 싫은 사람들이 추락하더니
잊고 지내던 시간과 기억까지
한두 방울씩 바닥을 적신다

내리는 비를 바라보는 건 좋아도
맞으면 곤란하니까

창가에 자리를 잡는다
거기서 또 다른 상황을 주시한다

산 사람들과 죽은 사람들이
번갈아 내려오는 나라

나는 오갈 데 없이 발이 묶였다
라디오를 켜고 귀를 기울인 채

다음 일기예보를

기다리는 수밖에

멍

밥 먹고
나른한 오후

방바닥에 앉아서
멍때리다가

집주인과 함께
산책을 나섭니다

이것은 길멍일까요
멍멍일까요

이리 오라 하면 저리 가고
멀리 가자 하면 집에 가고
넌 나보다 말을 안 듣네

이럴 때 누군가는 신문지를 크게 말아
콧잔등을 때리라고 말했지만

그건 멍멍이를 위한 걸까요
신문지를 위한 걸까요

걸어가자 길멍
겨울에는 눈멍
바다에서 물멍
강 건너면 불멍

당신을 기다리는 나

오늘도 흐리멍

희극

우리 집

세 평 남짓한 작은방에는
방화범과 마약사범

큰방 문을 열면 사기꾼과
살인마가 잠들어 있다

어느 날 눈 밝은 형사 양반이 노크한다면
그런 사람 없어요
나는 발뺌하고

그들이 잠에서 깨지 않게
꿈에서조차 잘못을 뉘우치지 않게
조용히 문을 닫고 자리에 눕는다

날이 밝으면 밥을 짓고 빨래를 한다
그들이 맡은 일에 몰입할 수 있도록
더러워진 방을 청소하고

이 이야기에서
선한 역할은

나 하나로 충분하다

안미린

희소 미래 0 외

1980년 서울 출생.
2012년 『세계의문학』 등단.
시집 『빛이 아닌 결론을 찢는』 『눈부신 디테일의 유령론』.

희소 미래

0

　눈사람 뒤에 선다 줄을 선다 줄이 이어진다 긴 줄이 이어진다 긴 줄 끝에 흰 사슴이 없다 초겨울 사슴은 뿔이 마저 부스러지기를 기다린다 긴 줄 끝에 유리 책이 없다 유리에 새긴 이야기는 숲의 심설에 묻혀 있다 긴 줄 끝에 흰 지도가 없다 레몬을 올려둔 흰 지도는 여름 이불 위에 있다 긴 줄 끝에 눈사람을 닮은 모든 것이 없다 나는 눈사람에게 레몬빛 목도리를 둘러준다 긴 줄 끝에 나의 순서가 없다

　나의 순서는 부서진 무릎걸음으로 도착하는 것

　뒤돌아보는 눈사람의 것

　긴 줄 끝에 텅 빈 자리가 없고
　긴 줄 끝은 폭설이었다

눈과 입이 없는

눈사람의 첫 표정

희소 미래

1

유사 지구입니다

희소 생물입니다

심우주에서 온
크리처입니다

수없는 목소리가 들려올 때

누구였을까

우리의 집에 행성이 충돌하는 일은
일어나지 않을 것입니다

그것은 희고 부드럽게
맑은 우주를 흘러 다닐 뿐입니다

웃고 있을까

어젯밤 무인 우주선에

눈과 입을 그려준 사람

희소 미래
2

너희는 희소 생물에게 이름을 불러준다

먼 외계에게
작고 투명한 목소리를 들려준다

복슬 눈사람 인형에게
눈의 기억을 들려준다

흰 청력의
눈사람 언어를 영영 알 수 없지만

너희는 눈 내리는 소리에 귀를 기울이고

아무도 밟지 않은 눈길에
미래를 주저하고

첫 발자국을 거둔다

흰 눈이 지켜지는 동안
이곳은

흰 심장과 하얀 폐를 숨긴

환한 행성이었다

희소 미래

3

흰쌀밥 위에 청레몬 조각

고조부의 새벽이었다

아무도 아닌 사람이었다

초겨울 레몬나무 아래
낮은 상차림

늦겨울 수묵화의
눈사람 그림자

오래된 외계인처럼
누구도 아닌 사람이었다

열린 것을 열려두는 여름을 지나

눈사람에 심어두는 청레몬

첫 눈사람에 심긴
첫 심장

눈사람의 첫 심장이 씨앗의 모든 것일 때
첫눈이 녹으면 심장을 돌려받는 것

텅 빈 고조부의 일기에는
옅은 청레몬 향기가 났다

미래 깊은 밤

나는 희소 정서를 물려받는다

희소 미래
4

내게 심긴
청레몬빛 심장

씨앗의 모든 것이 펼쳐지는
내가 되기를

희소 미래

5

들리나요

먼 목소리를 듣고 있나요

무인 행성에 보낸 일기들이
돌아온대요

우리가 외계로 떠나보낸
초여름 일기들이요

빛과 해변들
숲과 이끼들이요

어린 시절 첫 미래와
미탐험된 꿈결들

언제 사라졌는지 모를
옅은 첫 슬픔의 기억까지

되돌아와요
날짜가 지워진 일기들

날씨에 감춰진 비밀들
유리로 된 생일 선물처럼

(유리 레몬과 유리 연필처럼)

가만히 열린 방문 틈으로
잠든 후 머리맡으로

섬약하게 점멸하는 빛으로
부드럽게 휘도는 음속으로

우주어도 외계어도 아닌
유리 연필의 언어로

도착하고 있어요
우리만의 이야기가 아닌 채로

외계의 성분이 섞인 추억으로
외계의 기분이 깃든 추상으로

유리 연필적인 추론으로

긴 유리 연필을 깎는 빛으로

유리 일기가 눈부시게 빛나요

희소 미래
6

들리나요

먼 목소리를 듣고 있나요

먼 목소리가 깊은 꿈속에 닿을 수 있을까요

한낮 어두운 꿈속으로
환한 입김을 불어 넣을 수 있을까요

입김 서린 유리에 하트를 그려두는 것, 하트가 사라질 때
까지 사랑스러워하는 것, 어린 영혼처럼 하트와 심장을 구
별하지 않는 것

이 모든 것이 텅 빈 꿈을 위한 것이 아니었을 때
환한 목소리를 기억할 수 있을까요

오랜 입김은 목소리가 될 수 있을까요

섬세하게 조성된 실패들, 꿈의 실금들, 흰 영혼이 유리
성에 둘러싸이듯 유리 성을 둘러싸는 흰 영혼

어떤 영혼이 유리컵을 깨뜨리지 않을 수 있을까요

입김을 불어 환한 목소리를 마주하는
꿈속 고요에서

오은경

창문에 누워 외

1992년 광주 출생.
2017년 『현대문학』 등단.
시집 『한 사람의 불확실』 『산책 소설』.

창문에 누워

너에 대해 말해야겠다 너는 조금 특별하고 어딘가 유별
난 데가 있어(눈을 자주 깜빡거려, 나는 그게 거짓을 말할 때 버릇
인 줄 알았어, 진실은 모르겠는데, 아직 밝혀지지 않았는데……)
  입장한 사람, 나타난 누군가

네게는 늘 동행이 있었다(나는 그걸 친구라 불렀지만) 어떤
관계인지 물어볼 만큼 우리가 가깝다거나 친밀한 사이는
아니었다 나는 너의 친구가 되고 싶었다
  이름을 알고 싶었다

내가 너를 불렀더라면, 네가 돌아봤다면
나에게도 한 번쯤은 기회가 있었을 텐데

                    ✕

갑자기 변명이 하고 싶어진다

클럽 안

사람들은 대개 말이 통하지 않았고 외국인이었으며, 잔뜩 술에 취해 있었다

너와 닮은, 비슷비슷한 사람들이었다 그러나 네가 아니었으므로, 나는 계속 클럽을 돌았고

왜 내가 혼자 남아 있는지 묻다가

너와 춤추던

(옷차림부터 머리 모양까지 똑같던)

네 옆 사람을 떠올렸다 나는 잠깐 그를 너라고 착각했는데, 정말 잠깐이었다 웃을 때 입 모양이 달랐다 슬프고

화가 났다 무섭지는 않았다 사람들이 아주 많았으니까

(나는 혼자 남겨질 때만 두려움을 느낀다)

우리는 분명 익명이었다 그런데

너와는 어떻게 만났을까?

×

너의 비웃음, 너를 통과할 때

되찾은 내 그림자

(너라면 이걸 외투에 비유하겠지만

지금은 빛이 강해

더워, 더는 견딜 수 없을 것만 같은 기분이 들지만 너는

손 닿지 않는걸)

×

계절이 돌아와 봄이 되었다

며칠 전에는 설레는 기분을 느꼈는데

완연한 봄이다 계속

창문을 열어놓으니까, 벚꽃을 마음껏 구경할 수 있어 좋
다

세 개의 컵

너의 더벅머리에서 눈을 발견한 것 같다 머리카락이고

너의 시선이 닿지 않을 줄 알았는데, 이 순간의 너는 머리를 흩날리면서

내 쪽을 바라보고 있다 반짝이는 눈,

너의 눈빛은 네가 너라는 것을 알려준다 나는 유리컵을 내려놓는다 커피가 남지 않아서

더는 마실 것이 없다 마실 수가 없다 컵을 다시 들어야 할 이유도,

우리는 바닥에 컵을 내려놓았기 때문에

물을 엎지를 일도, 물과 분간되지 않는 유리 파편에 다칠 일이 생겨서도 안 된다

×

나는 유리컵을 내 몸과 같이 여긴다 겨울에는 히터를, 여름에는 에어컨을 틀어 온도를 조절한다

바람이 빠져나가지 않도록 창문을 닫고, 에어 캡을 붙인다 방풍 테이프로 창문 틈새를 막는다 더 필요한 것이 있을까,

(사고 싶은 항목을 정리한다)

나 없이도 이 집은 괜찮을까 문을 열면 바람이 들어올 텐데 낯선 이가 침입할지도 모르는데

나는 신경이 쓰일 테고 닫힌 것들, 밀폐된 것만 보면 열어보고 싶어져

큐브는 여섯 개의 면을 가졌잖아 모서리부터 맞추면 돼*

너는 거리에 서서 시범을 보여준다
우리는 공원에서 공연도 함께 본다

저글링을 하는 사람, 인파 속에 공연하는 이가 가려져 숨었을 때도

높이 튀어 오르는 공

여러 개의 컵 중에서 공이 든 컵은 하나다 공이 든 컵을 맞춰야 하는데, 찾을 수가 없다 계속 배치가 바뀐다 더벅머리, 너는 알까?

너는 언제부터 연습을 하고 있었을까 공원에 와 있었을까

*   영화 「렛미인」(Let The Right One In, 2008)에서.

나는 너랑 논다

할 일을 미루고 무작정 바깥에 나온다. 저녁 공기가 좋다. 해 지는 시간이 점점 늦어지고 눈 뜨는 시간은 빨라진다. 오늘은 며칠째 미뤄둔 일기를 썼다. 또 산문도 써야 하는데…… 완성하지 못했다. 한편으로는 써야 할 필요가 있을까, 싶지만 써야 할 필요와 마감일 엄수는 다른 것이다.

편의점에서 볼펜을 산다. 카페 이 층 창가 자리에 앉아 노트를 펼친다. '오늘의 할 일'을 적어본다. 어제의 할 일, 엊그제 할 일과 내용이 거의 같다. 이 중에서 내가 해냈던 일이 무엇이지? 해야 할 일은 하고 싶은 일과 엄연히 다른데. 또 다르지 않다는 생각이 들고. 자책하게 되고.

노트를 끄적거린다. 우선, 오늘 일기부터 시작하려 한다. 이번에는 커피 대신 하이볼을 시키고. 너에게 물어 안주를 고른다. 바스크 치즈케이크를 먹는다. 노트는 덮어둔다. 네가 일기를 보여달라고 조른다. 자신에 관해 쓴 내용이 궁금하다고.

나는 노트를 무릎 위에 올려놓는다. 너에게 닿지 않을 거리만큼 떨어져 말로 하자고, 일기를 보여줄 수는 없다고 한다. 너는 불안해한다. 나는 너의 반응이 이해되지 않지만 궁금한 것을 물으면 다 알려주겠다고 한다. 너는 언젠가 내 가방을 허락도 없이 뒤졌던 적이 있다.

너는 종이를 꺼내어 읽었다. 네가 등장하는 시였다. 바닷가에서 해안을 따라 걷다가, 발아래로 빠져나가는 모래와 함께 시간을 확인하려는 시였다. 발등까지 차오르던 물의 높이를 통해 썰물이었는지 밀물이었는지를 기억해내려는 내용이었다. 시에서 너는 물에 빠지고 싶었다. 내가 있었으니까. 내가 지켜보고 있다는 걸 알았으니까.

너의 그런 면이 좋았다. 네가 나를 의식하고 있음을 알았다. 나의 존재가 너에게 해로운 걸까? 나 때문에 고통스러웠을까? 너는 바다로 걸어 들어갔지만, 다행히 수심이 얕았거나 썰물이었다. 달려가 너를 붙잡을 수 있었으니까. 덕분에 나는 엉덩방아를 찧었지만.

발목을 접질렀다. 숙소로 돌아가는 길이 멀게만 느껴졌

다. 너의 부축이 필요했고, 도움을 호소해야 했다. 무엇보다도 해변에서는…… 비닐봉지와 해파리가 구분되지 않았는데. 죽은 해파리를 본 경험이 너무 적은 탓이었는지도 모른다. 해파리는 정말 예뻤다. 투명한 동시에 탱탱하고 부드러운 감촉,

해파리 앞에서 나는 다시 한번 넘어졌고. 해파리에 손이 닿았다. 너는 인상을 찌푸렸다. 그리고 그때 영원히 일어나고 싶지 않았다. 나의 시에서, 너는 주인공이었는데. '나'가 될 수 없었던 이유는(네가 '너'에 이입해 읽은) 단순히 느낌 때문이었을까? 무엇을 발견했을까?

시에서 너는 나를 지나쳐 갔는데, 그건 내가 일어나지 않았기 때문이고. 시간이 흘렀기 때문이고. 나중에는 내가 눈에 띄지 않는다는 이유에서였다. 나는 보이지 않는 해변이 되었으므로, 너는 예약한 펜션으로 옮겨져 어쩌자고 내가 죽으려고 했지? 한다. 아무 일도 일어나지 않았지만 진짜로 그런 것은 아니니깐.

진짜는 마음속에만 있고, 나는 다만 너의 마음이 왜 불편한지 궁금할 뿐이다. 너는 한번도 너 자신을 설명한 적이 없으니깐. 너는 시를 쓰지 않으니깐. 너는 나를 써준 적이 없으니까. 나는 너와 바다에 놀러 가지 않았으니까. 불가능했을까? 사진에 담기는 일, 혹은 우리가 영영 헤어지는 일.

　하이볼을 나눠 마시며, 뉘엿뉘엿 해 지는 거리를 바라보는 저녁. 등나무 잎이 흐드러지고 자전거를 타는 사람, 사람들이 지나다닌다. 너는 언젠가부터 내 옆에 와 앉고, 우리는 하이볼을 두 잔째 시켜 마신다. 나는 노트를 펼쳐 이 순간을 기록하려 하는데. 쓸 수 있을까? 쓸 수 있을 것이다.

위해

비닐이 찢어진 다음 알았다 쏟아진 비닐의

무게를, 속력을 헤아리기도 전에

비닐은 찢어져버렸다 터져버렸다 뒤섞여

흥건해진 손으로, 곤죽이 된 나는

왜 또 나여야만 하는지를 열심히 생각하다가

생각하다가 비닐은 녹지 않는다는 결론에

다다랐다 그런데도 비닐은 자꾸 없어져, 포장지를 뜯고

박스를 개봉하는 사람의 마음으로 나는 (손은)

옷에 묻은 액체를 털었지만, 붉어지기만 할 뿐

붉은 물은 지워지지 않고 사라지지도 않는다

젖어 있으니까 너무 더우니까 나는 신원이 불분명하고

이방인에다가 정신에 다소간 이상이 있다 아마 맞을 것

이다

듣는 사람도 없는데, 이것을 또 해명하려고 하는 것이 나

의 문제

설득하려고 하면 할수록 더 이상해지는 것이 나의 문제
어떻게 이만큼

　이상한 장소를 찾아냈는지, (그러나 세상에는 사실

　미개발 지역이 훨씬 더 많다 그러니까 우리는 텍스트를 벗어나
야 한다)

　나는 너무 슬펐다 산책을 나와 우연히 마주한 강아지처
럼

　세상이 신기했을 뿐인데 이제는 내가 저 불쌍한 것을 (충
동적으로 붙인 이름)

　두고 가야 한다는 생각에, 벌써 이만큼이나 와버려서 멀
리 떨어진

　내가, 붉은 볼라드 같은, 액체로 범벅이 된

　나를 흘리면서

　멀어져

　버렸다 떨어지고 떨고 있었다 추웠을까? 네가 움직이지
않더라도

내가 움직이면

우리는 서로를 대신해서

마음을 표현할 수 있고 아파할 수도 있다, 그러니까 이런 이미지는

어떻게 치우는 것이더라? 아무도 방법을 알려주지 않지만

알아서도 안 된다

추위

너는 움직였다. 왼쪽에서 오른쪽으로. 위에서 아래로. 자세를 낮췄다가 다시 원상 복귀. 제자리로 돌아와, 창문 앞에서 하던 일을 멈추고

(오래된 창문을 청소하기, 아니면 블라인드를 설치하기 위해 길이 재기. 내 방 창문에서 네가 할 수 있는 일은 그런 것에 지나지 않으니까)

누울 수도 있었다. 잠시 눈을 붙이거나 잠에 빠져들 수 있었다. 그러면 나는 사라졌다. 꿈에서 원하던 것을 얻을 수 있었다.

너는 기억하고 있을까? (어떻게 네가 너였다는 사실을 믿을 수 있을까?) 둘이 넘어졌던 일, 너를 잡아주다가 나도 함께 넘어진 일.

겨울이었다. 빙판길에서 엉덩방아를 찧었다. 손바닥에 피가 났다. 너는 무릎이 깨졌고. 이대로는 걷기 힘들다고 했다. 사방이 돌이었다.

우리는 돌밭에 앉았다. 힘이 빠졌으니까. 쉬어야 했다. 작
년 겨울에는 유독 넘어져 다치는 일이 잦았다. 꼭 빙판 때
문이 아니더라도. 발을 잘못 디뎠다거나 하는 이유로.

비를 맞아 며칠 동안 몸살을 앓기도 했다. 우산이 없었으
므로. 외투 한 개를 나눠 덮어야 했다. 큰비는 아니었다. 하
지만 거리가 먼 전철역까지 돌아갈 자신은 없었다.

우리는 가까운 빌라 안에서 비가 멎기를 기다렸다. 초능
력에 관해 이야기했을 것이다. 내가 지닌 신비한 힘에 대해
서. 마음을 읽을 수 있다고. 가까이 있는 것만으로도.

저절로 알게 되는 것이 있다. 실은, 가깝지 않아도 된다.
꼭 네가 아니어도. 나는 너를 기억하니까. 지금 당장은 불
러내지 못하지만. 만날 수 없지만.

◇

기억하지? 네가 나에게 했던 말, 있었던 일을 똑같이 재현해보라고, 한쪽 팔을 잡아당기면서 나를 데려간 장소, 공원에서 떠나기 싫었던 나는

흙먼지 탓에 기침이 나왔고. 눈이 가려워 긁었고. 얼굴을 찌푸렸다. 주름, 나무껍질, 상처, 손등에 생긴 상처, 손톱에 낀 때, 한 움큼의 흙, 무릎에 묻은 흙. 미끄러지지 않으려는 필사적인 움직임.

살려달라는 외침. 살려달라고. 잘못 들은 환청. 아니, 나의 마음속 소리. 목소리. 너 없이. 너는 의미를 알 수 없는 표정.

너는 멀어지는 표정, 서서히 닫히고, 굳어가는 입술, 너의 음성, 조용한 실루엣, 우리 집에는 커튼이 없는데.

웃음소리, 햇볕 번지는 창문, 침묵 속에서. 조용한 속삭

임. 나는 추워, 라고 네가 말했을 때

　추워?라고 물으면, 물어보는 데서 그치면 안 됐던 거야.

추워, 라는 말은 남으니까. 나는 흰 이불을 두르고. 진짜 유

령처럼. (유령이 아닌 것처럼.)

지난 일들

너를 보면 볼수록 가보지 못한 곳에 대한 생각이 깊어진다. 너는 동굴 속에 와 있는 것처럼 이불을 뒤집어썼다, 너의 눈은 어딘가 깊은 곳에 달라붙은 것 같았고. 설명하기 어려운데, 말해보자면…… 메말라 있었다. 눈동자가, 담회색* 빛깔로 형형했다. 건조했으나, 끈적이는 편에 가까웠다. 고정되어 있던 눈, 흑사탕 같았던. 그러나 나는 네가 내 시선을 피한다는 것을 알았다. 의식하는 것과 의식하지 않는 것이 같아질 수 있었다. 그게 아니면 나에게 비켜달라고 해야 하지 않을까? 내가 창문을 가리는데. 네가 좋아하는 참새들과 이팝나무가 다 가려질 텐데. 너는 나를 보면서

보지 않는다.

우리는 잠들기 위해 수면을 유도하는 음악을 튼다. 매일매일을.

그러나 이른 아침이나 초저녁에는,

볕이 드리워진 한낮에는 새들이 지저귀는 소리를 들을 수 있다. 푹신한 침대에 누워

너와 눈 감고 세상을 떠다닌다.

지나왔거나 지나지 못하고 돌아섰던 모든 길을
잃어버렸지, 길은 방향에 의해 결정되니깐
방향감각 상실, 과 같은 말을 하려던 것이 아니야,
우리에게는 공간이 필요했던 것이었는지도 몰라. 그때는
그게 없었으니까
무작정 걷고 또 걸어야 했지, 가진 돈도 없어서
배가 고프다고 투덜거리면서. 둘리문구 앞
인형 뽑기 기계에서 키링을 손에 넣은 너는 방방 뛰었어.
덩달아 나도 기뻤다,
배고픔도 잊을 만큼. 그리고 곧 너희 집에 도착해
설탕에 절인 토마토부터 먹어, 선풍기 앞에서 썰어둔 수
박을 베어 물면서
나는 부엌에 간 너를 하염없이 기다린다,

바람을 그만 쐬고 싶었지, 입안은 달았고 개미는

대나무 매트 위를 돌아다닌다, 처음에는 한 마리 그러다

두 마리…… 세 마리, 여러 마리로 늘어나

바글거리네, 끔찍하게. 내가 흘린 붉은 국물에 뛰어들어

헤엄도 잘 못 치면서, 둥둥 떠다니네. 가져갈 것이 없으
니까.

나눠 먹을 수박도, 토마토도 남지 않았으니까.

개미가 불쌍하다는 생각이 들었다.

그만 네가 와주기를 바라는 마음과 너에 대한 섭섭함이
동시에 일어

화가 났는데. 나에게 선택지는 화를 내거나 참는 것이 아
니라 집에서 나가거나

너를 완전히 잊어버리는 것이었다. 젖혀진 가리개 커튼
사이로 네가 보이지 않았으니까.

더 이상 배가 고프지 않았는데. 나는 텅 빈 반찬 통을 치

울 기력이 부족했고.

잠이 오지 않았지만 잠들려고 누웠다. 축축해진

소매의 물기를 짜면서. 바보같이 또 젖고, 물기를 짜내고.
나중에는 그냥 그대로 있었다.

춥지도 덥지도 않았으니까. 천장에서 날아온 무언가가
나를 덮어

옴짝달싹하지 못하게 만들었지만. 나의 의지임이 분명
했다.

너무나 부드럽고 가벼운 느낌의 그늘(텍스처)이었다. 시
간이 얼마나 지났을까?

아침일까, 저녁인 걸까? 그 무엇도 구분되지 않는

새벽(황혼)에 나는 부패하는 식물 냄새를 맡았다, 썩어가
면서

흙이 되어가는.

한동안 나는 청소를 해야 할 것이다. 청소를

하지 않으면, 도무지 생활할 수가 없다. 나는 일상을 되찾고 싶고

그건 누구나 마찬가지겠지. 그러니까 나를 이해해주겠지.

적어도 나는 나를 이해한다.

---

* 『슬픈 짐승』(모니카 마론, 문학동네, 2016)에서 주인공 '나'는 헤어진 애인 프란츠를 묘사하기 위해 짙은 담회색 눈동자를 자주 언급한다. 너와 겹치는 이미지였다.

길 찾기

약속 장소로 향하는 길, 우리는 함께 저녁을 먹기로 했
고. 나는 여섯 시가 가까워지는 것을 확인하면서

당신에게 문자를 보냈다. 당신은 미리 도착해 있었다. 비
슷비슷한 블록들을 지나 다음 행선지를 고르는 동안

거리가 익숙해졌다. 혼자서도 갔지. 곧 당신을 만나 둘이
되었지만. 마지막으로 찾아갔을 때는 영영 남겨질까봐

당신 집 앞까지, 부러진 담장과 흐드러진 장미 덩굴 아래
에서 몇 번을 다녀왔어. 단지를 헷갈리거나

동을 구분하지 못했던 것은 아니야. 내가 몰랐던 것은 층
수였어. 그게 무슨 상관인가 싶겠지만.

만약 집을 잘못 찾아간다면 엇갈릴 수도 있잖아. 그러면
나는 더 많은 시간을 허비하게 될 테고,

기다림을 지속했을 거야. 지금처럼 기다리지 않는, 기다
림이 끝나버린 시간과는 다르지.

어떻게 말해야 할까, 현재를 설명하는 일. 지금은 나보다

당신에 관해 말하고 싶다.

이동 중인 당신, 앞머리가 눈을 가린 당신, 배를 내밀고 걷는 자세, 배불뚝이처럼 펑퍼짐한 셔츠를 입고 누구보다 무표정한 얼굴로

배회하던 당신이 있어. (나는 이럴 때 당신을 교토의 밤거리로 옮겨놓고 싶어진다. 규동을 먹으러 가는 길에.)

수많은 사람이 있고. 우리 둘은 헤어질 수도 있었지. (당신은 멈추지 않고 걸었으니까.)

잡지 않을 수도 있었다. 당신은 외면할 수도 있었다. 그러나 나는 당신 이름을 소리 내 불렀고. 당신은 내 쪽을 돌아봤다.

나는 실감할 수 있었다. 나의 있음을, 우리의 있었음을, 그곳은 어디였을까, 당신은 거기 있네.

그러면 나는? 나는 울면서 잠에서 깨어나, 당신에게 메일을 쓴다. 당신은 나의 꿈속에 있었던 거라고. 꿈속이어서.

한여진

사운드트랙 외

1990년 서울 출생.
2019년 『문학동네』 등단.
시집 『두부를 구우면 겨울이 온다』.

사운드트랙

지금 강원도에는 눈이 내리고요

다음 곡 듣겠습니다

*

쌍둥이 자매를 둔 어머니가 보내온 사연입니다

*

거기에도 눈이 내린다지요

제 목소리 들리시나요

……노래 하나 듣겠습니다

*

오늘 같은 날에는 유독 잊어버린 것들이 떠오릅니다

예를 들면…… 집으로 가는 길

*

나 살아 있는 사람들의 사연을 듣다 잠시
졸았나

엄마, 엄마
언니, 언니
불러도 집에는 아무도 없고

아무도 없는 집은 왠지 낯설어서
이 방 저 방 기웃거리다 문지방을 밟았다

아, 이럴 땐 어떻게 해야 하더라

나쁜 것들을 잊기 위해
꿈속에서 모은 사연들로 밥을 지어 먹었다

비릿한 풋콩의 맛
배부르니 또 잠 쏟아진다

어디선가 베틀 소리 들리고
빈집에는 길쌈하는 이 없는데

저절로 돌아가는 베틀과
하얀 천에는 하얀 자수 화려하다

낙산사의 해당화
금강산의 금강야차
창도군의 꿩과 사슴

손바닥으로 쓸어보며

이게 다 언제 적 이야기일까

모든 아이는 죄와 함께 태어난다고 했다

장독대 깨서 까만 간장 국물로 흰 눈밭을 어지럽힌 일

하도 울어서 소매 끝이 다 닳아버린 일

계란 껍데기를 잘못 삼켜 잠시 숨이 멎은 일

뜨거운 바닷물에 들어가 차가운 몸으로 나온 일

대관령을 달리던 자동차와 함께 산산조각이 난 일

그 모든 것이 다 나의 일이었음을,

그래서 아이는 죄와 함께 멀리,

엄마랑 언니랑 나

우리는 셋 이 집의 방은 다섯

남은 것들로는 무엇을 할 수 있나

누군가 알려주면 좋을 텐데

누군가 집까지 바래다주면 좋을 텐데

(주파수 조정하는 소리)

여기는 엄마의 꿈이에요 언니의 꿈이에요

꿈에서 문지방 밟거들랑 그 꿈 나에게 팔아요

하얀 자수 수놓은 하얀 옷 완성되면

나 얼른 입고 집으로 돌아갈게요

(다시 주파수 조정하는 소리)

베틀 기계가 멈춘다

식탁 위에 올려둔 하얀 호빵 하나

사라진 일

누군가 눈치채길 바라며

*

이제야 오셨군요

오래 기다렸어요

노래 한 소절 들려드릴까요?

*

(라디오에서는 웃고 떠드는 소리, 뉴스 속보, 인터뷰, 심
층토론, 폭설주의보, 보험 광고, 영화 광고, '다들 안전한 귀
갓길 되세요'라는 DJ의 목소리)

터널 지나기

한 사람의 일생을 미행하는 일에는
다섯 개의 생이 필요하다

1. 무용한 생각들
2. 풀밭의 기이한 발자국
3. 두리번거리지 않고 직진하는 두 개의 차가운 발목
4. 쾅
5. 눈 덮인 길 위를 하얀 보자기 두른 사람이 걸어간다

이것들은 각각 동시에 존재하기 때문이다

오늘 너는 구룡터널을 지난다 늦은 밤이다
두 번째 생이 너를 따라 들어간다

사이렌 소리. 평. 터진. 오렌지색 불빛. 폭발. 공기. 꿈.
꿈.

꿈, 깨어나도 계속되는 것

너는 터널을 빠져나온다
세 번째 생이 터널 바깥에서 널 기다리고 있다

너는 너의 일을 하고
생은 생의 일을 한다

단지 그것뿐

다시 터널 앞에 선 너의 등 뒤로
다섯 개의 생이 모여 있다 숨을 죽이고 있다
이번엔 다섯 번째 생이 너를 따라 들어간다
다른 생들은 발걸음을 돌려 뿔뿔이 흩어진다

마지막은 알 수 없다

빙의

이빨이 빠지는구나
머리카락이 빠지는구나

빠질 것이 다 빠질 때까지
여기 함께 있었다

몸은 훌륭한 집이었다

작은 방엔 국수 쌀 설탕 소금 가득하고
텃밭에는 물고기비 꽃비 쇳가루비 흙비

창밖으로 주인 없는 무덤이 보인다

기억나지 않는 염원
오랜 시간이 길러 완성한 복수

모든 것이 희미하다

누런 벽의 달력만이 남아
지나온 시간을 말해줄 것이다

다리세기

어허 어허 어하리 넘차 너화넘

명사십리 해당화야 꽃 진다고 설워 마라[*]

사람은 셋

우리는 마주 앉아서

다리를 곧게 뻗고

내 다리 사이에 네 다리

엇갈려 끼워 넣고 신명 나게

다리를 잡고

다리를 쥐고

어허 사람은 셋인데 다리는 일곱

그렇담 여기 누군가 있다는 거지

함께 놀아보고 싶다는 거지

명년 삼월 봄이 오면 너는 다시 피련만은
우리 인생 한번 가면 다시 오기 어려워라

아까부터 꽃가마는 지당池塘을 돌고 있는데
누굴 데려간다고 한대 기다리고 있대

꽃가마 타고 갈 사람
여기 여기 누구인가

다리를 고르고
다리를 구르고

북망으로 가는 새야 너는 슬피 왜 우는가
짝을 찾아 가려는가 너도 슬피 왜 우느냐

우리는 훌쩍 커버려서
다리 사이로 꿈도 흘려보내고
죽은 자식도 흘려보내고
놋그릇과 개다리소반도 흘려보내고

그래도 사람은 셋, 다리는 일곱
얘, 아직 좀 더 놀고 싶은 거야?

오줌도 콸콸 설움도 콱콱
이제 와 눈치 볼 것 뭐 있나
다리 사이로 전부 흘려보내고 나면

저어기 옛날에 봤던 그 꽃가마 온다
산 넘어 물 넘어 왔다더니 금방이구나
독버섯처럼 알록달록 예쁜 집

　　　　가련한 건 인생이요 불쌍한 건 혼이로다
　　　　어허 어허 어하리 넘차 너화넘

이젠 누굴 데려가려 하나
오기 전에 우리가 가볼까

갑시다 가자고요

다리 사이에 다리
모래자갈 되어 줄줄 흐르는데

어때, 신명 나게 놀아보니
어데, 신명 나기만 했겠어

다리 일곱이 말한다

어허 어허 어하리 넘차 너화넘
명사십리 해당화야 너도 너도 가자꾸나

* 상두가, 저승길 가는 혼령 달래는 소리.

환대

이름을 알려달라 했는데
그저 빙그레 웃을 뿐이어서

마당 한가운데로 돌을 던졌다
괜스레 심통을 부렸다

한 번 이름을 들어버리면
그 전으로는 돌아갈 수 없지요

돌아보니 어릴 적 나를 받았다는 산파였다
그러고 보면 그건 몇 번째 생이었더라

과연, 이름은 가장 강력한 예언이었다
끝날 때까지 벗어던질 수 없던 생

할머니는 내 이름 기억나?

내가 어떻게 살다 죽었는지?

마당에는 사람들이 모여 있다

남의 집 애들 크는 속도 좀 봐요. 어르신 오래 사셔야 합니
다. 그런 건 나중에 생각하자고. 또 올게 엄마. 접이식 테이블
은 창고에 있어요. 바로 이곳에서 부인께서는 남편분에게 목
졸라 살해당하셨습니다. 거 그만 좀 뛰래도. 전통과 혁신 사이
의 균형이란 말이죠. 선물 포장이 아직 덜 되었는데요. 저 오
살할 놈, 염병할 놈. 정말 유감입니다. 난 골덴 바지 입기 싫다
니까. 자기야, 사씨 아저씨네 집에 이것 좀 가져다줘.

소란이 끝났을 때 마당은 텅 비어 있었다

아직 이름은 떠오르지 않았다

모두 잠시 쉬어가는 중이다

화이트아웃

방금 이마 위로 차가운 것이 떨어졌다

눈인가,

뭔가 생각난 듯한데

곧 모든 것이 하얀 눈으로 덮일 거라는 예감

여긴 어디지,

아주 오래전의 일이 생각난 듯한데

그건 내가 태어나기도 전의 일이야

바람 불고 눈보라 날리고
하얀 배 한 척 눈길 가르며 다가오고

배 안에는 하얀 얼굴의 사람들 가득하다
아는 얼굴들인가, 그렇다면

그건 내가 태어나기도 전의 일이야

노를 젓던 이가 손을 내민다
내가 고개를 가로저으면 그는 웃고
배는 다시 미끄러져 사라진다

나는 어느새 이렇게 다 자라버린 걸까
옷깃을 여미고 다시 발걸음을 옮기면
점점 더 하얗게 물드는 세상

저기 호롱불 든 하얀 도깨비 지나간다
하얀 여우와 하얀 새 지나간다
자작나무로 만든 하얀 책장 지나간다

꽂혀 있던 책들을 읽었던 기억이 나는 것 같은데
나는 그들과는 반대로 걷고 있다

내가 태어나기 전으로 걸어가고 있어

문득 떠오르다 가라앉는 기억들 사이로
작은 애정 작은 분노 작은 외로움 작은 심술들이
바람에 흩어지고 없었던 일 된다

밤낮없이 한참을 걸어 도착한 하얀 집
눈먼 노파들이 아기 옷을 짓고 있다

아기는 어디 있냐고 물으면
걱정 말라며 홀홀 웃었다

멀리서 차 끓이는 소리가 들린다

염원

주머니에서 팥이 줄줄 흘러나왔다 팥들은 사방으로 굴러다니며 비명을 질렀다 "무서운 일이 일어날 거야!" "조심해!" 시끄러운 녀석들 때문에 가는 곳마다 곤란한 일들이 생겼다 주워 담으려 해도 잡히지 않았다 팥들을 잘 달래가며 키우다 보니 우리는 어느새 훌쩍 낡아 있었다 다행인지 여기까지 오는 동안 대체로 평온했다 이제 그만하면 되었다며 팥들은 멀리 굴러가서는 다시는 돌아오지 않았다 혼자 남겨졌을 땐 주머니에 팥을 넣어둔 이를 떠올렸다

한연희

두고 간 샌들 외

2016년 『창작과비평』 등단.
시집 『폭설이었다 그다음은』 『희귀종 눈물귀신버섯』.

두고 간 샌들

곧 이소할 작정이야
새의 새끼는 으레 둥지를 떠나야 하는 법

우연이라고 생각하지 말기
길 한복판에서 생물처럼 웅크리고 있는 샌들을 맞닥뜨렸
을 때

올 게 왔구나
이별을 준비하는 것입니다

그렇지만 이렇게 갑작스러운 일은 혼란스럽지요
하늘에서 그냥 뚝 떨어진 것 같은 신의 장난
아니면 귀신의 해괴한 짓처럼 우습고 말 일

이미 마음을 다잡았어요

가위눌림 속에 찾아온 그것은 고무신을 두고 온 게 맞아요
모로 누워 잠든 내 뒤에서 옷자락을 펄럭이며 왔다 갔다
심지어 제자리뛰기까지 했다니까요
신을 찾아 헤매는 귀기 어린 그것 때문에 잠을 설쳤지만요

결국 오늘 있을 일을 예견한 거지요
신을 찾아, 그게 네겐 꼭 필요해
그것의 중얼거림은 잠이 깨서도 맴돌았으니

그러나 새도 아니고 새 새끼는 더더욱 아닌 나로서는
이소를 어떻게 할지 막막했다가
이것은 나를 기다리는 일이구나
다리를 분질러서라도 떠나야겠구나
각오를 다지게 된 거죠

저기 또 두고 간 신을

봅니다

샌들을 벗고 사라져버린 육신은
아무짝에도 쓸모없는 것이었을 테니
저 샌들의 주인은 새처럼 이소를 끝마쳤을지 몰라요

집으로 돌아와 집을 떠날 궁리를 해요
집과 잠과 불안을 떨쳐낼 계획을 세워요
휘갈겨 쓴 나의 기록엔 말이죠

근심을 오려낼 가위를 잡았지, 집 안 구석에 쌓아놓은 죄
책감을 무너트렸고, 끈질기게 달라붙는 가족력을 뜯어내버
렸어, 발이 너무 자라서 뇌를 압도했지, 이런 무기력한 몸
뚱이를 잘라내자

이소 준비 중인 참새 떼처럼

그늘진 곳마다 매달려 목청껏 지저귀던 그것처럼
중얼중얼 입을 놀려보고 울어보고 소리를 질러보고 마음
속 응어리를 뱉어내고

그럼 다 됐어요
가장 애착하는 신 한 켤레를 골라두고
죽기 아니면 까무러치기로 살아내기

가장 먼 저쪽의 허공을 향해 솟구치는
새의 여린 날갯짓을 흉내 내며
거리낌 없이 훌쩍 떠나는 그것의 발을
나는 쫓아갑니다
잘 있어요

서늘맞이

나의 자리란 못자리 대자리 제자리, 잘 자리 잡혔다는
건 뭔지, 내 자리란 왠지, 아무 자리에나 가서는 허수아비
가 될 뿐, 더듬거리며 옆자리를 찾아 헤맬 뿐, 외로움에 그
저 쓰고 싶은 욕구를 드러낼 뿐, 엄지발가락에 묘수가 있을
것처럼 습관적으로 힘을 주다 넘어질 뿐, 입에 쓰면 뱉듯
이 쓰면 다 토해낼 줄 알았지, 목구멍에 자리 잡은 서늘함
을 말이지, 쭈뼛쭈뼛 털을 곤두세우고 길바닥에 넘어지고
넘어지면 울분이 쏟아지네, 이러다가 두 무릎이 닳아 없어
지고 말겠어, 여름이 물러가기도 전에 겨울을 맞이하고 말
겠어, 낄 자리 빠질 자리 구별 못 하고 죽은 할머니에게 건
너가는 마음, 아니면 건너편 타인에게 발을 뻗는 마음, 당
신을 알고 싶어요 함께하고 싶어요 혼자 두지 말아요, 열
에 들뜬 이 몸뚱어리는 땀에 젖어 축축하고, 찰과상에 살가
죽이 벗겨진 채로 팔뚝은 화끈거리지, 아 어디로든 숨고 싶
어, 세계에는 미세한 틈이 많다던데, 그 틈새마다 자리 잡
은 곰팡이가 어떤 생명이든 자리를 내준다던데, 거기에는

좋고 나쁨은 물론 친분과 상관없이 서로 뒤섞여 정치와 자본은 끼어들 틈 없는 자리, 아니 그러니까 황소자리 운세는 보지 말자, 근면 성실한 자는 여름에도 짜증 한 번 없이 일만 하다가 그만 퍼지고 말겠지, 그러나

내가 모르는 인간이 느릿느릿 저만치 뒤에서 걸어온다
내가 모르는 엄마들이다

뒤에 뒤에 뒤에 나란히 서서
질서와 규칙은 무시한 채
자리를 찾고 있다

엄마는 엄마의 엄마의 엄마일 뿐
태어나고 태어나도 모르는 자리일 뿐

거기가 내 자리가 맞습니까

무저갱이 자리 잡는다

지친 내가 앉는다
서늘한 그늘을 맞이하며
아무튼 씁니다
계속 쓰던 일이라 묵묵히 반복할 뿐

6월의 벌레

믿어볼게
더위에 영 젬병인 사람이
나눠 받은 씨를 손바닥에 올려두고서

사람이 사람을 어떻게 믿어볼 수 있을지
씨가 믿음으로 얼마큼 자라날 수 있을지
의심의 눈초리로 바라보다가

여름 초입에
걱정 반 설렘 반으로
묵혀둔 화분을 꺼내 심었다

믿음은 이처럼 초록색 알갱이일지도
구슬 아이스크림처럼 바닥에 쏟아진 후
그저 녹아버릴지도

그런데 6월이

다 지나가버리기 전

화분엔 청경채가 자라서

연둣빛 잎사귀를 뽐내고 있다

더위에 지친 사람이

믿음과 소망 사랑 같은 것에는

눈길 한 번 주기 어려웠던 사람이

창가 앞에 놓인 화분을 매일매일 들여다봤다

6월의 벌레라는 술을 알아?

초록 꽃무지에서 유래되었다는

연둣빛 리큐어 칵테일을

여름을 닮은 그 청량한 맛을

믿는 자에게만 지옥을 보여줄 수 있다는 걸

청경채의 믿음은
이파리 뒷면에 진딧물을 키워놓는 걸
이 푸른 줄기 나물이 사실은
벌레들에게 아주 취약한 존재라는 걸
알게 되었고

믿음에도 순백의 믿음, 허술한 믿음, 거짓에 가까운 믿음
빵 차버릴 믿음, 충만한 여름처럼 무조건적 믿음 등등
여러 가지가 있다는 것을 깨닫게 되었고

소나기가 지나고
빗방울이 화분에 가득 모여든 것을 보면서
자신이 믿지 못하는 믿음에 대해
생각했다

누구나 다 취약한 부분을 숨기지 못하는 것을
누구나 지치고 제풀에 꺾여 지옥 불에 불붙는 것을
아직 소서小暑가 오지도 않았다는 것을

알아챘지만
괜찮아졌다

그 사람은
청경채를 수확하는 내내
초록 꽃무지를 보았으면 했지만
보지 않는 편을 택했다

믿음 뒷면에 진딧물이 가득해
같이 가는 사람들이 청경채 뒤에 가득해가득가득까드득
오기 같은 믿음 때문에
괜찮아지기로 했다

구석 놀이

방구석에 각각 선 네 사람

이쪽 귀퉁이에서만 보이는 저 귀퉁이의 한 사람

그이에게 다가가 이름을 부르고 어깨를 톡 치는 한 사람

거기 남은 이 대신

다른 귀퉁이로 가 흰 형체를 톡톡 두드리면

둥글고 단아한 올림머리로 스르륵 돌아보는 한 사람

그이가 마지막으로 남은 귀퉁이에 도착해

뒤통수에 대고 이름을 불러보지만

절대 돌아보지 않는 한 사람

자주졸각버섯이에요, 그것은,

하지만 대답하는 너는 내가 전혀 모르는 사람

홀연히 걸어가 그다음 구석에 앉은 나는

사람이 아닌 사람

누군가 오기를 하염없이 기다리고 있는 사람

그렇지만 내 이름은 산귀이끼예요

나무 아래 숨어 있고 싶을 뿐

날 발견해 이름을 붙이기 전까지는 여긴 어둠뿐

어느 날 나는 구석에 앉고 울고 움츠러들다가

발아했습니다

둥글고 부드러운 머리통에서 허무가 솟아났어요

독이라면 독이 되는 그것은

습하고 증오가 어린 구석에서 아주 잘 자라나는 특징이

있고

그 방의 사람을 닮아가는 습성이 있지요

여름부터 그다음 해 봄이 되도록

네 명의 사람은 한 사람씩 사라졌다 돌아오고 돌아와서는

귀퉁이에 달라붙어 있습니다

다 내가 되어 있습니다

이제 이런 놀이는 끝내고 싶어요

내 이름을 부르지 말아요

네 번째인 줄 알았는데

이 방에는 구석이 너무나 많아서

이번이 백세 번째였군요

그래서 그 아름다운 머리는 늙었습니다

하얗게 센 머리의 기둥이 거기 서서 여전히 나를 돌아보지 않습니다

어깨를 건드려줄 누군가를 내내 기다리고 있습니다

그렇게 늙어가고 있어요

이름이 있지만

아무도 존재를 알아봐주지 않고 있기에

그냥 그렇게 구석을 사랑하는 중

점점 샛노랗게 변해버려선

지박령이 되는 것이지요

칭찬 목록

칭찬해주세요
어린 손이 내밀어 상장 하나를 받았어요

귀하의 어린이는 참을성이 많아
타인의 모범을 보였기에 이에 착한어린이상을 수여합니다

희고 빳빳한 종이 위에 쓰인 문구가, 그 딱딱하고 궁서체
인 문장이 말이죠, 여태 가슴에 박혀 남아 있습니다, 착해,
착하지, 착해야지, 모범이 되어야지, 그래야지

입을 앙다물고 칭찬의 몫을 요구해요

어린 여자애의 손이 활짝 펼쳐져서는
빨판이라도 달린 것처럼 빨아들입니다
인형이라던가, 포옹이라던가, 색연필 따위

그게 아니라 균열과 혼란이 전부인, 조각난 미래와 무질
서한 마음이 혼재된
　밑바탕에는 온통 진흙투성이

　그 속에 저를 있는 그대로 두었으면 좋겠습니다

　양보하지 않기, 화를 내버리기, 하고픈 말을 참지 않기,
영영 숙제 따윈 기억하지 않기, 얼룩이 묻은 얼굴을 닦을
필요가 없이
　착함을 아무렇지 않게 방치해두는 쪽에서는 조금 살 것
같습니다

　땀이 흘러요
　잔머리가 뺨에 들러붙어요
　커다란 강당에서 꼼짝하지 못하고
　칭찬 목록을 외우고 있었던 나를

어릴 적 사진 한 장에 붙들려 있던 나를 돌려세웁니다

정작 두 개의 손만 남아 그것을 놓지 않고
나를 벌세우려는 듯 집요하지만

청찬받을 수 있는 것들에는…… 여자가, 울음을 참는 여
자들이, 할 수 없이 포기하고 산 여자들 곁에 서서 이젠 할
까? 해버릴까? 그러자고 부추기지요. 그런 언니들이 셋이
나 있습니다. 제 앞을 걸어가면서요. 엎어진 밥상 앞에서
억울하게 내 탓이라고 우기는 사람들 꿈을 꾸고서도 말하
지 못할 적에 이젠 말할까? 죽여버릴까? 용기를 주는 날이
늘어났습니다. 흐느적거리는 춤을 추면서요. 따라 하기만
하는 나의 목덜미를 움켜잡아줍니다. 주눅 들어 눈치만 살
피다 생긴 두통을 없애줍니다. 멋대로 살아보겠다는 언니
가 되어보려 합니다.

넌 여전히 참 고집불통이구나
프레임 밖에서 들리는 원장의 목소리

칭찬해주셔서 감사합니다

골덴 바지를 꿰입은 여자애가 무심해져서는
유치원 모자를 쓴 여자애가 독이 올라서는
상장은 내팽개쳐놓고

이젠 사진에는 없는 이야기를 펼쳐놓고서는

고집을 좀 피우게 되겠습니다
언니들 셋이 한쪽으로 비켜서 자리를 내주고 있으니까요

한숨 덧붙이기

어느 산에 있는 어느 절에 가봤느냐
물어오는 이가 있었다
대부분을 가보지 못한 곳이었는데도
나는 다 가본 것만 같아
가보았다고 거짓말했다
잘 보이고 싶어서

내내 한숨을 쉬면 왠지 그런 일조차 거짓말 같았다

대웅전 앞에 서서 그 안을 들여다보면
그렇게 심장이 두근댔다
잘못을 했기 때문이 아니라
고요한 그 안을 한숨으로 채우고 싶어서
즐거워졌기 때문이다

내 한숨은 가늘고 삐쭉삐쭉 솟아난 가시 모양

도깨비풀처럼 옷깃에 달라붙어 떨어지지 않으려고 용쓰
는 모양

빠르게 함부로 더 자주 내쉬었다
잘하고만 싶어서 행복을 갖고 싶어서 내가 아니고 싶어서

평일 한낮 사찰을 바삐 돌아다니는 사람처럼
눈물 바람에도 절하느라 무릎을 꿇고 꿇는 사람처럼

처마 밑에 달린 풍경이 살짝살짝
허공에 닿지 않으려고 안간힘 쓰는 소리가 났다

한숨 한 번에 사람은 움직임을 멈추고
한숨 두 번에 사람은 기도를 멈추고
자꾸 내쉬는 한숨에 풍경은 풍경이기를 멈췄다

한숨에 한숨을 덧붙이다가는 글쎄

엉뚱하게 소금 가루가 쏟아질지 모르지

어두컴컴한 천장에서

흡 하고 숨을 들이마실 때

천 년 묵은 요괴의 것을 마시고

후 하고 숨을 내쉴 때

구천을 떠도는 이름 모를 이의 이야기를 뱉을지도

엄마, 아빠 죽자

같은 글귀 앞에서

어린아이 글씨가 분명한 이 기도가

잘못 쓴 게 아닐 것만 같아서

자박자박 자갈이 밟히는 절 마당을 돌고 돌다가

사천왕일지 모를 이상한 형상 앞에서

그래 죽지 말자

어떤 결심 같은 한숨을 다시 터트리는 몸은

이런저런 욕망으로 들끓고 있는 몸은

얼마큼의 소금이 필요한지에 대해 생각해볼 요량으로

흰 알갱이를 찍어 먹을 것이다

죽음을 무릅쓰게 하는 짠맛이란 무릇 사람의 맛 중에 으

뜸이려니

원래는 잘못 만들어진 푸딩

이 작고 말랑말랑한 기분에 대한 것

원래는 못 먹었지만

이제는 잘 먹고 싶은 푸딩을

우릴 생각하며 사두었지

각웅, 봉배, 금팔 그리고 덕오는 나

이런 이름의 조합이라면

뭐가 되고 싶은지 마음먹기에 따라

다종의 세계관을 쥐락펴락할 역량이 되지 않겠소

이 작고 살랑이는 의외의 느낌에 대한 것

이제는 생각을 실천해야 한다는 것

검은 망토를 두른 만물상회의 아이가

마타리 꽃과 냉이초로 만든 푸딩은

일종의 변신 물약 폴리주스라 했지

해리 포터의 파란 물약을 닮은 저 푸딩을

풀잠자리 거머리 독사 등등 쏙 뺐다고 해서

변신의 효능은 사라지진 않으니

원래는 잘못 만들어진 푸딩이란 없으니

이 행성에선 우연으로 불완전해지니

각웅은 귀여움으로

봉배는 쾌활함으로

금팔은 엉뚱함으로

그리고 덕오는 다정함으로

각각 푸딩의 다양한 아이덴티티를 발아하여

반짝반짝 윤이 난다

참말 멋지구나

이젠 여자애인지 남자애인지

혹은 펭귄인지 오리인지 화성인인지 구분 안 되는 건

백 가지가 넘는 맛의 특징 때문이며

무얼 좋아하는지 다 티가 나면 그런 것

혐오를 벗으면 푸딩처럼 말랑거리오

인본주의를 버리면 쉬이 변형된다오

우리는

동네에 생긴 빈티지 숍을 지나치지 않기
골목 구석에 놓인 작은 잡화점을 꼭 들르기
작고 소소한 일상을 돌보며 거기 모여
언제까지나 끝도 없이 글을 쓰고 이야기를 나누기
그럼 정령들은 몰래
오늘의 행운 스티커를 떼어 이마에 정성껏 붙여줘
멸망을 재촉하는 잘못한 놈들로부터
우리를 보호할 것이도다
부디 어리고 연약한 모든 생명에게
평화와 안전만을!

심사평

| 예심 |

진지하게 응수하는 힘
김복희

무심하고 서늘한 깊이
이근화

| 본심 |

고통으로 시를 단련시키는 감각과 의지
김기택

이토록 우아한 Spleen들
황인숙

수상소감

마산 생각
박소란

진지하게 응수하는 힘

김복희

'우리가 (혹은 나는) 왜 시를 쓰고 읽을까.' 이 질문을 떠올리고 말았다. '시란 무엇인가'와 더불어 고루한 질문 리스트를 꾸리자면 꼭 들어갈 질문일 수 있겠지만, 시를 읽고 쓰는 사람이라면 언제고 피할 수 없는 질문이란 생각이 든다. 그리고 한번 답을 정했다고 해도 계속 그 답을 갱신할 수밖에 없는 질문이라는 생각 또한.

예심을 보기 위해 동료 시인들의 근작 상당량을 약 한 달간 집중해서 읽었다. 여전히 많은 시인들이 시를 사랑하고 공들여 쓰고 있구나 싶어 힘이 되고 자극도 받는 시간이었다. 그런데 시를 모아서 읽다 보니 동시대인들인지라 미묘하게 서로를 바라보며 되비추는 시들이 많다고 느꼈다. 그러나 유사점보다 차이점에 시선이 갔다. 종종 같은 소재나 비슷한 문체를 사용하더라도 시인마다 다른 흐름으로 시를 전개시켰기 때문이다. 시를 왜 쓰는가에 대한 시인 나름의 답이 전부 미묘하게 다르기 때문일 거라고 짐작했다. 그러면서도 왜 시를 쓰는가라는 질문에 진지하게 응수하는 힘이 강하게 느껴지는 시들에 좀 더 시선이 갔다.

강지혜의 시는 활달하면서도 직설적인 화자의 발화가 읽는 이를 끌어들인다. "정갈한 건설자재들이 쌓인 모습이 아름답다 야적장을 낳은 여자를 상상해보자"(「I know you take your child now」). 야적장은 물건을 임시로 쌓아두는 장소다. 건물에 비해 주목을 덜 받는 야적장을 낳는다는 것은 한국 사회에서는 아름다운 일이 아니다. 통상 낳음은 잉태와 연관되고, 잉태는 낭만적 사랑을 연상케 마련이지만, "허구 속에서도 사람은 태어나더라구? / 그렇게 인류가 이어져온 거라니 / 대단한 건 아니지"라는 구절을 보건대 사실 "낭만"(「결혼하고 싶어」)은 "벽돌과 모래와 덤프트럭과 철근과 전선 드럼과 슬픔과 괴로움과 고통과 뼈와 기쁨이"(「I know you take your child now」) 야적장을 낳는 일인가도 싶다. 태어남은 온갖 모순과 같이 간다. 이 발견이 아름답고 슬프다.

오은경의 시는 바라보는 모든 것을 곧장 문장화하는 화

자가 흥미롭다. 문득문득 문장을 덧붙이고 부연하는 다른 목소리가 등장할 수 있도록, 먼저 시에 안정감을 준달까. 미세한 균열을 만들기 위해 다소 비시적으로까지 보이는 안정감 있는 문장구조가 필요함이 납득되는 시들이었다. "나는 너무 슬펐다 산책을 나와 우연히 마주한 강아지처럼 / 세상이 신기했을 뿐인데 이제는 내가 저 불쌍한 것을(충동적으로 붙인 이름) / 두고 가야 한다는 생각에"(「위해」). 오은경의 시가 보여주듯, 자동기술적으로 문장을 만들고 마는 생각 혹은 텍스트의 군건함에 불쑥불쑥 괄호를 열고 끼어드는 목소리가 우리에게 필요하겠다 싶었다.

한여진의 시에는 신명이 있다. 죽음은 우리에게 오는 것일까 우리가 죽음을 향해 가는 것일까. "이젠 누굴 데려가려 하나 / 오기 전에 우리가 가볼까"(「다리세기」)라고 넌지시 말을 건네는 화자의 목소리 뒤로 상두가가 흐른다. "몸은 훌륭한 집이었다"(「빙의」)고 말하기 위해 우리는 몸에 무엇을 들였던가. 화자는 "작은 방엔 국수 쌀 설탕 소금 가득하고 / 텃밭에는 물고기비 꽃비 쇳가루비 흙비 // 창밖으로 주인 없는 무덤"까지 있다고 말한다. 죽음을 음미하면서 생의 복잡다단함을 포착한다. 이 죽음에 대한 과제가 어떤 여정을 이어갈지 기대된다.

한연희의 시는 소수자가 자유를 확보하기 좋은 장소다.

"이젠 여자애인지 남자애인지 / 혹은 펭귄인지 오리인지 화성인인지 구분 안 되는 건 / 백 가지가 넘는 맛의 특징 때문이며 / 무얼 좋아하는지 다 티가 나면 그런 것 / 혐오를 벗으면 푸딩처럼 말랑거리오 / 인본주의를 버리면 쉬이 변형된다오"(「원래는 잘못 만들어진 푸딩」) 같은 구절은 모든 존재에게 혐오를 벗고 인본주의를 지키자는 자칫 교조적일 수 있는 메시지를 부드러운 푸딩의 질감을 빌어 자연스럽게 설득시킨다. 현실에 아직 없을 수 있으나 시가 해야 하는 역할이, 억압 없는 세계를 상상하는 것일 수 있음을 보여준다.

박소란의 시는 가차 없는 생이 안겨주는 고단함을 솔직하게 내놓는다. 그러면서도 섣부른 위로를 안기지 않고 구하지 않는 태도가 신뢰를 준다. 고통스럽다는 말을 아끼는 생활에서 오는 피로는 내가 말하지 않았는데도 표현되곤 한다. 거울을 보려 하지 않았는데 마주치는 스스로의 얼굴처럼. "겹겹의 흉터로 덜컹이는 창을 도리 없이 바라보면 / 그 독하다는 어둠도 어쩌지 못하는 / 사람의 피 / 사람의 침, 가래, 오줌, 그리고 // 얼굴"(「기차를 타고」)은 절묘한 부분이다. 긴 병을 앓고 있는 이에 대한 문병을 마치고 기차를 타고 돌아가는 길, 병자의 몸을 구성하는 것들을 떠올리며 검은 차창을 도리 없이 바라보는 막막한 '나'의 얼굴은 우리의 고통이 모두 개별적인 것임을, 그리하여 우리가 자신의 삶과 자신의 고통을 스스로 다 감당해야 한다고 말하는 것 같다. 우리는 살아가야 하는 것이다. 우리의 구구한 삶, 자질구레한 소유물로 구성된 일상을 감당하기 위해서. "용각산 두 스푼, 캘리포니아산 건포도 한 알, 오만 원짜리 네 장" 같은 범속성의 것들과 삶을 공유하는 시간 말이다. 특히 "시, 시를 봐도 나는 그게 시인 줄 모른다"(「오늘의 시」)라는 구절은 범속성이라고 여기는 수많은 것이 시를 이룬다는 것을 알려준다. 박소란 시인의 수상을 축하한다. 우리의 나날이 우리를 시로 향하게 함을 알게 해주어 감사하다. 다른 동료 시인들께도 함께 열심히 '시란 무엇일까' '시를 왜 쓸까' 계속 같이 고민하자고 요청과 안부를 전하고 싶다. ▪

무심하고 서늘한 깊이

이근화

　지난여름 자기 자신이나 가족을 직접 드러내는 글쓰기
는 문제가 있는 것이 아니냐는 말을 들었다. 그 말이 나는
무척 아프게 느껴졌지만 그냥 웃어넘겼다. 계절이 지나도
록 나는 그 말을 계속 곱씹어보고 있다. 상처를 후벼 파는
일이 될지라도 글쓰기에서 나와 가족은 지울 수가 없고, 그
경계를 넘어갈 수도 없는 것 같다. 아무리 써도 벗어날 수
없다는 것을 알면서도 끝내 쓰기를 포기하지 못하고 있는
내 자신이 한심하게 느껴졌다. 그래서 어쩔 것인가. 무엇을,
어떻게, 왜 쓰는가. 마음이 복잡하고 어지러운 가운데 동료
시인들의 작품을 공들여 읽을 수 있는 기회가 주어져서 다
행이라 생각했다. 그들이 나를 읽고 쓰는 인간으로 살도록

붙잡아주었다.

김상혁에게 어떤 변화와 곡절이 있는지 잘 모른다. 근래 읽는 그의 시는 생활과 현실에 더 밀착해 있는 것으로 보인다. 아들로서, 남편으로서, 아빠로서 그는 부지런히 살아내고 또 지속해서 쓴다. 그의 작품에 드러난 독설과 야유가 재밌다. 무엇보다 위트가 있어 좋다. 웃을 수 있는 것도 능력이라 생각한다. 웃음 뒤에 비애를 남길 수 있는 것은 대단한 시적 재능일 것이다.

민구 시인의 시와 산문도 재미로 따지자면 결코 뒤지지 않는다. 남동생처럼 사랑스럽고 귀엽다고 생각하다가도 아차 싶을 때가 많다. 순하고 선한 말들 속에는 공포와 불안이 숨어 있는 것 같다. 사람들 곁에 조용히 머물다 뒤돌아서서 그가 혼자 중얼거릴 때나 툭 질문을 던질 때 느껴지는 서늘함이 있다. 그래도 그 말들이 사람을 살게 하는 쪽으로 기울어서 고맙다.

안미린처럼 살고 싶다고 생각해본 적이 있다. 안미린은 대표적으로 안미린하는 시인이다. 이 시인은 유령처럼 도통 타협과 절충을 모른다. 무슨 말인지, 왜 이러는지 몰라도 그가 쓴 것은 시로 읽히고, 그 시를 계속 따라가며 읽고 싶어진다. 보물 지도를 손에 쥔 것처럼 이상한 쾌감을 느끼게 해준다. 보물이 아닌, 보물 지도를 서로의 손에 나눠 들고서 함께 들여다보는 일을 나는 무척 흥미롭게 생각한다.

　박소란 시인이 그려낸 사람들은 얼굴이 없다. 표정 없이 말하는 법을 배운 것처럼 서로를 향한 마음을 들키고 싶지 않다는 듯 무심하게 말을 내뱉는다. 다 말하지도 못한다. 아픈 사람을 남겨둔 채 기차를 타고 몸은 서울로 가지만 마음까지 데려오지 못하고 "저는 서울로 갑니다"(「기차를 타고」)라고 반복적으로 중얼거리게 된다. 새롭다거나 재밌다고 말하기는 무척 어렵다. 아픈 사람을 위해 죽집에 들른 사람은 환청인 듯 목소리를 듣는다. "아무도 죽지 마"(「죽을 기다림」). 나의 마음에만 기울었다면 들을 수 없는 소리였을 것이다. 한 사람의 고통은 다른 사람의 고통에 귀를 기울이게 만들고, 한 사람의 마음은 다른 사람의 마음에 가 닿는다. 귀 기울임과 건너감이 아니라면 도대체 시가 뭐란 말인가. "이런 비유 따위"(「생략」) 쓰지 않으면 안 되는 사람, 오늘날 시인의 자리는 그냥 그런 게 아닐까. 시가 대단한 자리를 차지하는 시대는 아니지만 시인은 언어에 깊이를 부여하는 사람일 것이다. 박소란의 깊이는 남다른 것이었다. 그의 작품은 단숨에 읽어치울 수가 없어 여러 번 호흡을 가다듬고 다시 읽어야 했다. 이 깊이를 어쩔 것인가. 그의 무심하고 서늘한 언어에 조심스럽게 다가가본다. 뜨거운 축하를 보낸다. ▪

고통으로 시를 단련시키는 감각과 의지

김기택

본심에 올라온 열 명의 시인은 1980-1990년대에 태어나고 등단한 지 5년에서 15년 정도 되어 시적 방법론이나 세계관에서 적지 않은 공통점이 보인다. 이들의 시는 대체로 기성 시로부터의 일탈과 새로운 시적 실험을 향한 모험보다는 일상의 경험을 진지하게 성찰하고 탐구하여 정제된 시어로 드러내는 특징을 보여준다.

마지막까지 논의된 작품은 박소란의 「오늘의 시」 외 6편, 김상혁의 「굿나잇」 외 6편이었다. 박소란의 시는 시를 쓸 수 없는 상황에서 고통스럽게 시를 쓰면서 시 쓰기가 무엇인지 묻는다. 의식을 억누르고 자유의지를 옭아매는 어머니의 죽음, 아버지의 병, 그리고 거기서 벗어나려는 안간힘은 아무리 애써도 시가 될 수 없는 상황으로 화자를 몰고 간다. 이 시 쓰기의 과정은 고통이 어떻게 시를 단련시키는지를 생생하게 보여준다. 김상혁의 시는 삶과 사건에서 독립된 것 같은 이야기를 하나의 생명체로 읽게 하는 힘이 느껴진다. 그의 시에서 이야기는 "다정한 자연" "고마운 자연"이다. 이야기라는 생명체는 삶과 사건이 끝난 후, 즉 자신이 성장해온 숙주가 사라진 후에도, 이야기를 읽고 듣는 새로운 숙주인 독자로 옮겨 가 거기에 기생하면서 더 끈질기고 왕성하게 살아가는 힘을 가진 존재라고 할 수 있다.

두 시인의 작품 중에 어느 하나를 수상작으로 선정해야 하는 것이 이 심사의 자리에서 할 일이지만, 그 작업이 어느 작품이 더 우월하다고 줄을 세우는 일은 아니다. 논의 끝에 박소란의 작품을 수상작으로 결정하였다. 이 결정에는 수상작에 대한 경의와 함께 수상하지 못한 작품에 대한 미안함이 있다.

「오늘의 시」는 아버지가 누워 있는 병실에서 시를 쓰는 과정을 세밀하고 구체적으로 보여준다. 아무리 고치고 또 고쳐도 곧 썩어 문드러질 것 같은 소변기의 냄새는 가시지 않고, 시에서 화장장의 괴이한 연기가 새어 나오는 것을 막을 수 없다. 마치 병과 죽음이 시의 주체가 되어서 지린내가 문장이 되고 화장장 연기가 페이지가 되고, 외부와 분리된 병실은 행과 연이 되는 것 같다. 「기차를 타고」에서는 기차의 속도로 아버지의 병과 병실에서 벗어나 "제가 아는 가장 먼 곳으로" 가려 하지만, 창밖의 어둠도 어쩌지 못하는 "사람의 피 / 사람의 침, 가래, 오줌"에서 자유롭지 못한 화자의 내적 상황을 보여준다. 이 시들을 주목하게 하는 것은 고통의 경험 그 자체가 아니라 고통을 느끼는 감각과 정신의 치열성, 그리고 그것을 시로 단련시키는 성숙한 의지이다.

최종 논의에는 빠졌으나 강지혜와 한여진의 시도 주목했음을 밝힌다. "내가 그 야적장을 낳은 여자예요"로 시작하는 강지혜의 「I know you take your child now」는 복중에서 힘차게 발길질해대는 야적장의 "벽돌과 모래와 덤프트럭과 철근과 전선 드럼" 등을 출산과 연결하여 현대 문명의 야만성을 미화하는 역설이 흥미로웠다. 한여진의 「다리세기」는 아이들의 다리세기 놀이를 상두가와 연결하는 낯선 상상력, 그리고 아이의 목소리와 진혼의 목소리가 어우러지는 리듬이 시를 읽고 나서도 계속 여운에 빠져들게 하였다. ▪

이토록 우아한 Spleen들

황인숙

    수상작이 결정된 뒤, 함께 심사를 맡은 김기택 시인과 소감을 나누며 수상후보작 인쇄물을 만지작거리다 맨 끝에 첨부된 후보 시인들 약력을 보고 좀 놀랐다. 왜들 이렇게 젊은 거야? 다른 때도 이랬나? 까마득히 어린 것만 같은 출생 연도. 〈현대문학상〉이 젊은 상이긴 하지. 그렇더라도 시단의 뒤안길을 헤매던 그 나이의 나와 또래 동료들을 생각하면 무대에 오른 그들의 약진이 새삼 감탄스럽다.

    한여진은 그의 시들로 미루어 마흔 살은 훌쩍 넘은 시인이리라 생각했는데 30대 초반이어서 신기하기까지 했다. 하긴 그가 천착하고 있는 듯한 세계에서 10년, 20년은 유장한 강물의 잔물결 하나에 불과하리라.

영어맹인 내가 외국인을 만나면 절로 벽이 쳐지고 더욱 귀가 막히듯, 토속어로 이계異界를 넘나드는 그의 이번 후보작들을 대하는 처음에 나는 지레 겁을 먹었다. 흉한 기운이 전혀 없어서 무섭지는 않았지만 귀기鬼氣는 아무래도 친해질 수 없었던 것이다. 그런데 김기택 시인이 시 「다리세기」가 얼마나 빼어난 시인가 경탄하며 '다리세기'라는 놀이에 대해 설명해준 뒤 다시 읽으니 우리는 잠시 삶에 유숙할 뿐이라는 듯 삶과 죽음을 아우르며 노는, 그 깊은 듯한 맛을 나도 알 것 같았다.

잊고 있었는데, 뜨끈뜨끈한 온돌방에 드러누워 몸을 지지다가 친구들이 오면 '다리세기'를 하며 놀던 어릴 적 겨울이 생각난다. 엄마는 솜 뭉친다며 질색했지만. 솜이불을 펼치고 그 위에 둘러앉아 다리를 겹치고 노래에 맞춰 다리를 셌다. 마무리가 '알아맞혀보세요!'였던가. 걸린 사람은 "죽었다!" 소리와 함께 그 자리에서 빠졌다. 왜 '죽었다'일까. 많은 놀이에 '죽었다'가 있다. 포커 게임에서도 도중에 카드를 덮을 때 "죽을래"라고 한다.

수상자 박소란의 이번 작품들도 처처에 죽음의 기척이 있다. 그런데 시어들이나 언술 방식이나 펼쳐 보이는 세계가 내게 아주 친숙하게 다가온다.

병이라는 건 실존의 한 양태다. 사고로 죽을 수도 있지만, 많은 경우 죽음 바로 앞의 단계가 병이다. 문병은 죽음의 세계에 한 걸음 들여놨다가 다시 삶의 세계, 일상으로 나오는 것일 테다. 간병은 어떨까. 간병은 가장 숭고한 일 중 하나지만 간병인에게는 죽음이 반쯤 일상일 테다.

죽음의 세계와 삶의 세계는 대척점에 분리된 것 같지만 실제 삶에서는 섞여 있다. 「기차를 타고」에는 병이라는 걸 통해서 죽음에 한 걸음 들여놨다가 죽음을 앞둔 사람을 두고 일상으로 돌아가는 과정의 슬픔과 피로와 막막함이 애처롭게 그려져 있다. 우수憂愁는 뭇 시인들의 가장 고전적인 감정이지만, 특히 박소란 시에는 기본으로 장착돼 있어 독자 마음을 무장해제시킨다. 박소란 씨, 수상을 축하합니다! ▪

마산 생각

박소란

　마산은 사라진 도시입니다. 더 이상 마산시라는 곳은 없습니다. 행정구역상 마산이 창원으로 통합된 것이 벌써 수년 전의 일이니까요. 그러나 마산을 아끼는 사람에게 마산은 언제나 마산이고요. 마산 아닌 이름으로 그 도시를 부르지 않습니다. 없으면서도 분명한, 분명히 존재하는 곳. 그런 곳에서 저는 지난여름을 보냈습니다.

　인구수가 계속해서 줄어드는 탓에 낮에도 거리는 대체로 한산하지만 밤이 되면 풍경은 더욱 헐거워집니다. 저녁 아홉 시만 되면 번화가라 이르는 몇몇 골목을 제외하고는 금세 캄캄해집니다. 어둠이 무겁게 내리깔린 대로변을 잠시 혼자 걷자면 어쩐지 머쓱해져서 급히 집으로 돌아가게 됩

니다. 도시 전체가 마치 낡은 세트장 같달까요. 밤사이 곧
장 허물어질 것처럼, 작고 낮은 집들과 상점들이 죄다 자취
를 감출 것처럼. 어디 멀리로 가서는 두 번 다시 돌아오지
않을 것처럼. 사랑하는 공간, 사랑하는 사람의 노쇠를 지켜
보는 일이었습니다. 마산에서의 한 계절이 저는 내내 쓸쓸
했습니다.

여름내 비린내가 흥건한 시장에도 가고, 텅 빈 카페에도
가고, 특별한 날에는 성당에도 갔습니다. 주로는 병원에 갔
습니다. 여러 병원을 옮겨 다니기도 했습니다. 그곳에 끝을
기다리는 한 사람을 눕혀두고, 정신없이 걸음을 재촉하는
나날이었습니다. 한 사람을 돌보는 동안 새로운 것들을 저
는 알게 되었지요. 이를테면 그가 평생에 걸쳐 쓴 한 편의
시 같은 것. 이런 시가 세상에 있었구나……. 탄식, 혹은 감
탄 같은 것. 그것을 다 읽기도 전에 한 사람은 먼 곳으로 떠
났습니다. 여름의 더위나 갈증을 채 느끼지도 못했는데 여
름은 이미 가고 없었습니다.

그 사이사이 자주 서울을 떠올렸습니다. 서울에 두고 온
나의 시들. 내가 쓰고자 했던 것들. 그런 것들로부터 저는
자연히 멀어지고 있었습니다. 꾸역꾸역 청탁을 받고 짬 나
는 대로 무언가를 끄적이면서도, 이런 게 다 무슨 소용인
가, 스스로를 혐오하지 않았다면 거짓말이겠지요. 한 사람

이 죽어가고 있다고, 아직, 다 죽지는 않았다고, 이제 곧, 곧, 그런 단어들의 조합이 저를 어떤 끝으로 떠밀고 있었습니다.

하지만 생각해보면 무얼 할 수 있는지. 쓰는 일이 아니라면, 시간의 가혹을 어떻게 견딜 수 있는지. 시라는 게 다른 무엇보다 특별해서가 아니라 다만 그때 그 자리에 있었기 때문에, 아슬아슬한 상태로 숨 쉬고 있었기 때문에 저는 그것을 쓰고 매만졌을 따름입니다. 그리고 그것이 시라는 생각을 잊었습니다. 없는 도시에서는 시도 저 자신도 없었고, 그런 건 이미 중요하지 않았습니다. 「오늘의 시」에는 그런 흔들림의 흔적이 담겨 있습니다. 그럼에도 불구하고 저는 바랍니다. 이 시가 한 사람을 온전히 사랑한 기록으로 남아주기를.

얼마 뒤 서울로 돌아온 뒤에도 저는 여전히 마산에 있는 기분으로 지냈습니다. 지내고 있습니다, 라고 하는 게 맞을까요. 며칠 전에는 식당에서 혼자 밥을 먹는데, 그곳 TV 화면에 마산 앞바다가 나타났습니다. 저는 잠시 숟가락질을 멈춰야 했지요. 언젠가 한 번은 더 가고 싶었던 마산가고파 국화축제 소식을 대하며, 문득 혀끝이 아린데도 다시금 밥을 먹었습니다. 밥때가 한참 지난 식당의 횅한 풍경과 먹고 자고 쉬고 쓰는 일을 아무렇지 않은 듯 이어가는 저의 생활을, 옹색한 일상을 가만히 되짚으며, 시와 시 아닌 것을 더 이상 구분할 수 없게 된 기분이었습니다. 구분하는 일 자체가 무색해져서 난감한 한편 홀가분하기도 했습니다. 훌륭하고 거창한 것은 영영 써내지 못하겠습니다. 시를 잊으며, 시에 대한 의식을 지우며, 다만 쓸 수 있는 것을 써야겠다 합니다. 자유로워져야겠다 합니다.

이 예기치 않은 상은 마산으로부터 온 위로일 것입니다. 지난여름 저를 흔들고 간 시간의 상흔을 살뜰히 살펴주신 선생님들과 곁에서 힘이 되어준 선후배, 동료 들을 기꺼이 새깁니다. 그리고 아버지, 지금 제 기도의 주인인 아버지의 시를 찬찬히 생각합니다. 없지만 가득한, 마산을 생각합니다. ▪

2025 現代文學賞 수상시집

오늘의 시 외

지은이 | 박소란 외
펴낸이 | 김영정

초판 1쇄 펴낸날 | 2024년 12월 5일

펴낸곳 | ㈜현대문학
등록번호 | 제1-452호
주소 | 06532 서울시 서초구 신반포로 321 (잠원동, 미래엔)
전화 | 02-2017-0280
팩스 | 02-516-5433
홈페이지 | www.hdmh.co.kr

ⓒ 2024, 현대문학

ISBN 979-11-6790-287-0 03810